お迎えに上がりました。
国土交通省国土政策局幽冥推進課　5

竹林七草

集英社文庫

contents

本文デザイン／高橋健二（テラエンジン）
イラストレーション／雛川まつり

お迎えに上がりました。5

国土交通省国土政策局

幽冥推進課

一章

いつまでも心配しなくていいんだよ

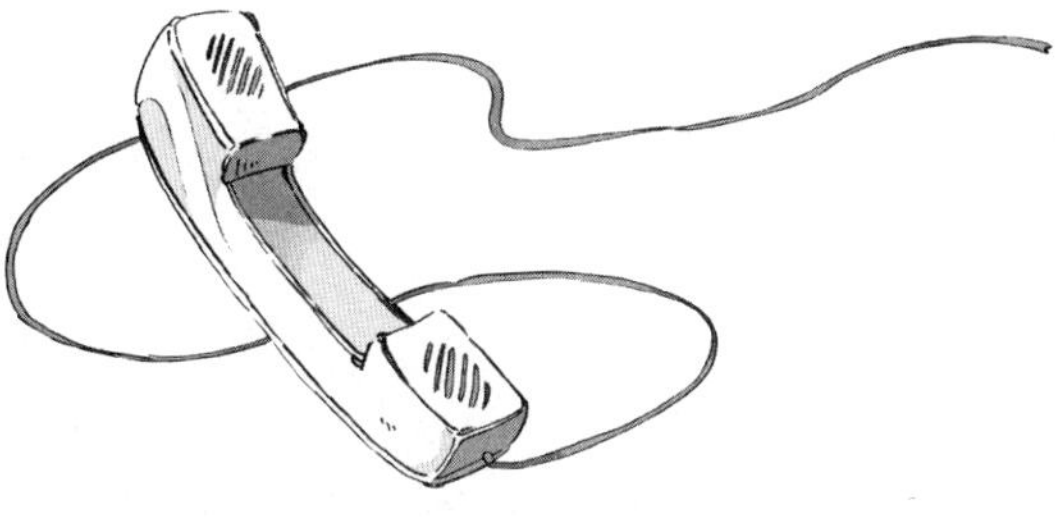

1

それは蒸し暑い真夏の夜のことでした。

今日も今日とて火車《かしゃ》先輩からこってり絞られへとへとな私は、帰宅するなりシャワーを浴びると、空腹に導かれるままスーパーでもらえる無料の牛脂でもやしを炒《いた》め、それを豪快にどんぶりに載せたもやし丼をしゃきしゃきとかっ喰《く》らう。

牛肉の香りなのに喉を通ってくるのはもやしというメシ詐欺に、満腹にもかかわらず胃袋様がおむずかりになるも、何事も人間寝ればなんとかなるものです。

電気代と快眠を秤《はかり》に載せ、財布の中身を思い出しながら少しだけ電気代側に分銅を載せるインチキをし、贅沢《ぜいたく》にもクーラーのおやすみタイマーを三〇分も設定する。

絶対に男子には見せられないよれよれTシャツにだぼだぼの短パンという部屋着に着替え、私は即座に布団の上で横になった。

間もなく蛍光灯もなくなるこの時代に、未《いま》だにホコリを被《かぶ》った笠《かさ》付き器具の紐《ひも》を引いて常夜灯に切り替える。薄ぼんやりとセピアの色調になった私の四畳半。

すぅーと布団の中に沈みこむように私の意識はぼやけていき、まさに眠りにつこうとしたその瞬間、

——ピリリィ

昭和風味でレトロな私の部屋にそぐわない、電子音が響いた。

目覚まし代わりに枕元に置いてある裏返しのスマホが、畳との隙間から輝度の高い光を漏らして着信を知らせていた。

「誰だろ、こんな時間に」

意識せず出た寝ぼけ眼《まなこ》な自分の言葉に、ふと不安を駆り立てられる。

……本当に、こんな真夜中に誰が電話をかけてくるというのか。

このまま無視して明日かけなおそうかな、という考えが頭をよぎるも、

——ピリリィ

着信音はいつまでも鳴り止《や》むことなく、無遠慮に響き続ける。

なんだろう……どうして私は、こんなにも胸騒ぎを感じるのだろうか。

なんとなくだけど、この電話に出てはいけない——そんな気がする。

でも同時に、出なければ大変なことになると、頭のどこかで警鐘も鳴っていた。

まるで蛇に睨《にら》まれたカエルのごとく、うつぶせの姿勢のまま私は逡巡《しゅんじゅん》し続ける。

——ピリリィ

無視しているのを責め立てるようにいつまでも鳴り続ける着信音。やがて私は覚悟を決めて裏返ったスマホに手を伸ばした。恐る恐る液晶面を上にした。

表示されたその名を目にした途端、布団の中で私の全身がぶるりと波打つ。

――この事実を知ってしまったからには、もうとても無視なんてできない。

震える指で着信表示をタップするも、それでもそのおぞましい時間が来るのを少しでも先延ばしにしたくて、私は緩慢な動作で耳へとスマホを近づける。

そして、繋《つな》がった電話の向こう側から、

「……………………夕《ゆう》、霞《か》」

と、恨みのこもった静かな女の声がささやかれ、内耳のさらに奥まで震えあがった。

ひぃ、という短い悲鳴をあげて私は身を縮こまらせ――そして。

「夕霞さんっ!!　どうしてあなたは、自分から電話をしてこないんですかぁっ!!」

深夜なのに夕立の始まりのような特大の雷が、私の頭上にズゴンと落ちました。

「まったく、いつもいつもいつもいつもっ！　あなたは糸の切れた凧《たこ》ですか？　米の詰まった烏賊《いか》ですか？」

「……いや、お母さん。米の詰まった烏賊は、ただのイカメシかと」

「お……お黙りなさいっ!!」

勢い余って支離滅裂なお説教をするお母さんについ突っ込んでしまったところ、追加でもう一発、脳みそがぷるんと震えるほどの怒号を頂戴する。

——ええ、そうです。ご紹介いたしましょう、こちら私の母でございます。

「先日、近いうちに私に電話すると、メールしてきたのは憶《おぼ》えていますか？」

あぁ……はい。お母さんのメールに返信するのが億劫《おっくう》だったので、適当に流したことを今思い出しました。

「自分で言ったことも守れないような、そんな育て方をしたつもりは私にはありませんよ。ちゃんと反省なさい、あなたは」

だそうですよ、過去の私さん。しっかり反省してください。

とりあえずは布団の上で正座をしてみたものの、それからもお母さんの趣旨がいまいちよくわからないお説教はどんどこと続きまして、

「——ちゃんと聞いているんですか？　夕霞さん」

「そりゃ、もちろん」

欠伸《あくび》を噛《か》み殺《ころ》しながら、ですけどね。

「まったく……こんな遅い時間に電話をすると私も明日が辛《つら》いですから、手短に用件を済ませます」

今までの前振りのお説教はなんだったのかと思うと同時に、そんな遅い時間に電話してきたのはお母さんの方なんですがと突っ込みたくなるも、さっきの二の舞になるだけ

なのでそこはぐっと我慢する。

「今年の春に就職できたという連絡をしてきたきり、あなたはゴールデンウィークにも帰ってきてませんよね。去年のお祖母《ばあ》さんの七回忌のときもなんだかんだと帰ってきませんでしたし――いいですかっ！　今年のお盆には必ず帰ってきなさい」

「あっ、いや、それは」

「とにかく！　帰ってこられる日が決まったら、一度連絡をおよこしなさい」

いやいやいやいやっ！　帰るのだって交通費というものがかかるわけでして――なんて言い訳しようとした矢先、ブツリと一方的に電話を切られてしまいました。

……ほんと、自分の言いたいことだけを主張する母親ですよ。

まったく親の顔が見てみたいもんです――まあ、亡くなったお祖母ちゃんの顔を思い出せばいいだけなんですけどね。

それはともかくとして、毎度毎度ながら今月もまた私の懐事情は大ピンチ。

とりあえずは実家までの電車賃をスマホで検索してみます。

何度見ても、やっぱり往復で私の一月分の食費を楽に超えちゃう金額です。

夏のこの時期は高速バスだって割高だし、それに車中に一晩閉じこめられるのって結構苦手なんですよね。できれば電車がいいです。

とはいえ、今月はお盆のある八月。

国土に不法滞在する地縛霊《じばくれい》様をお迎えに行く身としては、身内のご先祖様も実家でお迎えしておかないとさすがにばつが悪いかなぁ、とちょっとは思っていたりもします。

——国土交通省設置法第三条。

『国土交通省は、国土の総合的かつ体系的な利用、開発及び保全、そのための社会資本の整合的な整備、交通政策の推進、観光立国の実現に向けた施策の推進、気象業務の健全な発達並びに海上の安全及び治安の確保を図ることを任務とする』

すなわち安全で健全で利便性の良い国土を国民様へと提供することが国土交通省に属する組織にとっての最大の責務となるのだけれど、まれにその対象から外れる方々が不当に国土を占拠してしまうことがある。

つまりかつては人であった死者、地縛霊と呼ばれる元国民様たちだ。

生前は国民であったそんな方々と交渉し、国土に縛られる原因となっている問題を解決、排除することで、幽冥界へのすみやかなるご移住をご案内していく。

それこそが『国土交通省　国土政策局　幽冥推進課』の業務だ。

ゆえに働く職員は年齢不問、学歴不問、資格不問——加えて、生死さえもが不問。

おかげで見た目はどうあれ、同僚は全員が全員とも妖怪。

さらに最近は所有者不明土地だったり、インフラ老朽化だったり、地方の過疎化問題だったりと頭の痛くなる大問題も案件に絡んできて、私は毎日ひぃひぃしてますよ。

まあ思い返せばいつだってぎりぎりで解決できた案件ばかりで、右を見ても左を見ても私しか人間のいない職場の中、はたしてどこまでやっていけるのやら。

でもまあ臨時とはいえ今は公務員の身の上。家賃の払いと奨学金の返済に加えて未納分の年金も納めなくちゃいけませんし、どうやら今月は実家に帰る交通費もかかりそうですし、お給料を頂戴するために身を粉《こ》にして職務に励ませていただきますとも。

いろいろこなれてきつつも、まだまだ新人だと甘えたくもある五ヶ月目。

幽冥推進課の臨時職員たるそんな私の一日が、またしても始まるのです。

2

ただでさえ低めな私の血糖値が、さらに低下するお昼休み直前のこと。

「夕霞ちゃん、夏季休暇の日程は決まった？」

夜遅かったお母さんからの電話のせいで欠伸を噛み殺す私に、隣の席の百々目鬼《どどめき》さんが声をかけてきました。

「いやぁ、それがまだいつにしようか悩んでまして」

「えっ、まだ決まってないの？　いつまでもそんなこと言ってると、本当にとりそびれるわよ。火車ちゃんと同じで夕霞ちゃんもワーカホリックなんだから、決められたお休みぐらいはしっかり休みなさいよ」

「火車先輩はともかく、私はちっともワーカホリックなんかじゃないですって」

どうだか、と口にしながらやや垂れ気味の目尻をもう一段下げ、百々目鬼さんが苦笑いを浮かべる。

そうは言われたものの、私は本気で違うと思うんですよ。お休み、大好きですし。

新卒以来、ことごとく勤める先が倒産するか、ないしは業績不振で解雇され続けた私には、働きたくても働けない日々の閉塞感で毎日のように胃をキリキリさせていた時期がありました。でも幽冥推進課で働かせてもらっている今、私が一番好きな曜日は土曜日ですし、次点は日曜日です。

寝る前にスマホのアラームをセットすることなく、気の向くままに遅い時間に目を覚まし、それでもなお布団をかぶって二度寝できる。その瞬間は、まさに至福ですよ。

ちなみに国家公務員にはお盆休みの規定がなく、代わりに七月から九月までに連続する三日の範囲内にて取得なさい、というのが百々目鬼さんが話していた夏季休暇です。

私の場合は臨時職員ではありますが、つい最近に臨時職員も同等の休暇を取得することという規約の改正がありまして、採用から六ヶ月に満たない私はその対象ではないものの、それでも「せっかくですから」と年次休暇の一部を前倒しにする形で取得できるよう、辻神《つじがみ》課長が特別に計らってくれたものだったりします。

この先、年末まで長期休暇がない中で、英気を養うためにも大事な大事な夏休み。私個人としては夏の盛りも過ぎたオフシーズンに取得して、のんびりまったり平日休みを満喫しようと思っていたのですが、昨夜お母さんからあんな電話がかかってきたように今年は帰省への圧がとにかく強いのです。

しかもお母さんの中ではお盆の時期での帰省は確定なようでして、その時期はいろいろとお値段お高めなのがなお悩ましい。

とはいえ、もうかれこれ三年ぐらいは実家に帰っていないので、臨時とはいえ職に就いた今年こそ帰ってこい、とお母さんが主張するのもわからなくはありません。

「やっぱり夏季休暇を使って、実家に帰省しておくべきですかね」

そんなポロリと漏れてしまった私の独《ひと》り言《ごと》に、

「そりゃ、当然だ」

と、さも当たり前な口調で突っ込みをいれてきたのは、自分の机の上で丸くなっていた火車先輩だった。

「いつまでもあると思うな親と金、古くはないがそんな格言もあるであろう？」

「……いや、非常に遺憾ながら後者にあたるお金が私にはあった例《ためし》がありませんので、そこを並列で語られてもまったく想像が追いつかないんですが」

死んだ魚のような目で応えた私に、火車先輩が可哀相《かわいそう》な子を見る目を向けながら眉を顰《ひそ》めた。

だけどまぁ、火車先輩のご意見がごもっともなのはわかります。

「死ねばいいのに」なんてひどいひと言が、意図せず父親への手向けの言葉になってしまった先月の西澤《にしざわ》さんの件然《しか》り。ある日、突然に大事な人と会えなくなってしまうという事例は、幽冥推進課で働き始めてから常に目の当たりにしてきましたので。

そんな後悔を抱かないためにも、やはり人と会える機会は逸するべきではないとは思うのですが……でも先立つものがないんですよね。無視すればお母さんの雷も怖いですし、ここは片道分ぐらい誰か貸してくれないかなと思っていると、

「夕霞ちゃん。先に言っておくけど、私の取り立ては闇金なんて目じゃないからね」

まだ何も言っていないうちから、いつのまにか手の甲に浮いたゴルフボール大の目玉でもって、百々目鬼さんからギロギロと睨《ね》めつけられました。

……この人からの借金は、ダメ絶対。不幸な未来しか見えません。

ならばと矛先を変え「ねぇ、火車せんぱ〜い」なんて、自分でも気持ち悪くなりそうなほどの猫撫《ねこな》で声でもって、猫の姿の先輩に呼びかけてみれば、

「小豆《あずき》だったら貸してやる」

「はい？」

まったくもって、意味不明な返答でもって機先を制されました。

「何事も転ばぬ先の杖《つえ》だからな、今後の保証のために資産運用に手を出したのだが――先日になって、どうしてかワシ宛てに大量の小豆が届いてな」

「……それ投資は投資でも絶対にやっちゃダメな類いの投資じゃないですか。完全に先物相場に翻弄されちゃってますよね」

今どきそんなのに騙《だま》される人――もとい妖怪がいるのかと思いつつも、どうやら本人本当に何が何やらわかっていない様子なので、心底から不安になる。

でもまあ今は妖怪様の懐事情よりも、自分の交通費の問題ですよ。

口をへの字にした難しい顔でうんうんと唸《うな》っていたら、ガチャリとドアの開く音がして、個室から出てきた辻神課長と目が合いました。

「ああ、朝霧さん。ちょうどよかった。もう夏季休暇の取得日は決まりましたか？」

いつもの黒縁眼鏡《くろぶちめがね》越しに柔らかく目を細め、にっこりと笑いかけてくる。

……なんでこの課の方は、誰も彼もが私の夏季休暇に興味津々なんでしょうか。

「あぁ……すいません。日程に関しまして、まだちょっと悩んでまして」

「そうですか、ならそれは好都合です」

んんっ？　なんか今、文脈が変でしたよ。

「まだ決まっていなければ、急なのですが明日から出張に出ていただきたいのですよ」

「明日っ!? ――って、ひょっとしてまた新しい案件ですか?」

「ええ、ご明察です。先ほど急ぎで入ってきましてね」

私に向けられたその言葉に、しかし目を険しく細めたのは火車先輩だった。

「おいおい、この時期だぞ。もう少し後回しにはできんのか?」

この時期とは、今週からのお盆時期を言っているのでしょうが、さっきも説明したように現代の公僕にはお盆休みなんてないわけでして、さすがの辻神課長も困り顔です。

「納期に関しては一応は確認したのですがね、どうも現地職員にかかっているストレスが非常に高いらしく、とにかく急いで対応して欲しいという一点張りなんですよ」

「現地職員、ですか?」

基本的に幽冥推進課の業務は秘匿業務。それに加えて業務内容の特異性から、他の課からの要請はあっても連携、横断的な立ち回りはほとんどない。実際にこれまでお使いや挨拶なんかを除き、私は他の課の方と一緒に仕事をしたこと自体がないのです。

そんな私の疑問を察し、辻神課長がやんわりと説明をしてくれる。

「今回の案件ですがね、実はとある地区の国道の維持整備のために新しく作られた分室の建物内で発生しているらしいのです。しかし上の方の依頼で現場責任者に連絡をしてみたら、どうにも非協力的でしてね」

「……はぁ」

「まあ、胡散臭いと不審がられて眉に唾されているんだと思うんですが、とにかく無理やり聞き出した話から推測しますと――ある特定の時間になると、倉庫の奥に放置された線の繋がっていない電話機に『ここから出て行けっ！』という悲鳴じみた女の声の電話がかかってくる、という怪異が起きているようです」

なにそれ、怖い。

「……わかりました。とにかくその分室に行き、脅迫めいた電話をかけてくる地縛霊様と交渉して、安穏に幽冥界へと移転いただけるよう説得してくればいいわけですね」

「そういうことです」

屈託なく破顔する辻神課長の整った顔立ちを見る度に、なんとなくいつも騙されている感がするのは私の気のせいでしょうか。

「あぁ、そうそう。それと出発は明日でいいですが、今回は着替えを数日分は用意してきてくださいね」

「えっ？」

「この案件の現場まではちょっとだけ距離があるんですよ。今回の出張先は、東北地方整備局管轄の宮城県の気仙沼《けせんぬま》市ですから」

3

——翌日の朝。

百々目鬼さんが倉庫から出してきたワインレッドのキャリーケースに着替えを詰め、背中の真っ赤なリュックには火車先輩を詰め、準備万端で新橋《しんばし》駅へと向かいます。

今回はこれまでよりも距離があるため、公用車ではなく電車での出張です。たまに火車先輩と電車で出掛けることもありますがその都度、私は疑問に思うのですよ。

鉄道会社における妖怪の扱いって、どうなってるの？——と。

これが猫であればリュックに詰めていくなんてのは言語道断で、ちゃんとケージに入れなければならないわけですが、しかしながら先輩は悪人の死体をちょろまかす火車です。業務でもってみどりの窓口を訪れる度に、その分類にはいつも懊悩《おうのう》します。

「実にくだらん。鉄道事業法に妖怪にまつわる記載がないのが悪いのだ」

訊《き》けばそんな風に抜かしますが、個人的には無賃乗車ならぬ脱法乗車の気がしてしょうがないのです。公用車の助手席に括《くく》られているときは、私が一キロでも制限速度をオーバーしたら親の仇《かたき》のごとく爪を立てようとするくせに、これが電車となるとコンプライアンスの判断がすこぶる緩い。

電車にもちゃんと車の字はついているわけでして、自動車も電車も火車先輩もみんな車両仲間同士、三つ巴《みどもえ》で仲良くしてもらいたいものです。

「いいから気にするな！　ワシは絶対にケージになんぞ入らんからなっ！」

……なんか、ケージに嫌な思い出でもあるんでしょうかね、このドラ猫先輩は。

多少は気になるものの、そこはさておいて。

リュックの中の火車先輩と会話しても危ない人と思われないように、偽装用のワイヤレスイヤホンを耳に着けてから私は山手線《やまのて》に乗って東京駅へと向かう。

それでもって東京駅に着いたら、今度は新幹線乗車口へ。

新幹線を見る度に、青春18きっぷで目的地にまで行ったときの金額と乗車時間の差を時給換算してしまいそうになる私ですが、今日ばかりは何も気にせず気軽に自動改札へ乗車券を差し込みます。

やがてぬるっとホームにやってきた新幹線に乗り込み、私は人生初の指定席へと座る。

――いいですわぁ、新幹線。自分で運転しないのが、なにより楽ちんです。

リュックを降ろさずシートに座って、あとから火車先輩からガミガミ怒られもしましたが、まあその程度はご愛敬《あいきょう》。目的の駅までは、二時間半ばかりのまったり電車旅です。

途中でリラックスし過ぎて寝ながら涎《よだれ》を垂らし、隣のサラリーマン風の男性に笑われたりもしましたが、そんなこんなで新橋駅を出発してから正味三時間。

ようやく岩手県一ノ関《いちのせき》駅に到着しました。

テンション高めに「着いたぁっ！」と声をあげながらホームで大きく伸びをするも、リュックの中からは「バカたれ、まだ目的地ではないわ」と水を差す声がする。

そのまま火車ナビに導かれて、今度は二両編成がなかなかにローカル感を醸《かも》すＪＲ大《おお》船渡《ふなと》線にお乗り換え。内陸側から海岸方面に向かってガタゴト運ばれること一時間半ばかり、今度こそやっと目的地のＪＲ気仙沼駅――に着いたつもりだったのですが、

「ほれ、次だ、次。早く次に乗り換えるぞ」

……まあ、出張先は気仙沼市ということでしたが、目的地の最寄り駅が気仙沼駅とは限りません。

最初こそのんびり旅と思っていましたが、九時半前には新橋分庁舎を出たのに、今やもうてっぺん回った一四時過ぎですよ。さすがに移動だけで疲れました。

これって、本当に今日中に着くんでしょうかね？

そんな不安を感じながら気仙沼駅構内を歩いて別のホームに移動すると、

「……えっ？」

目の前に停《と》まっていたのは電車ではなく、バスでした。

一瞬、知らないうちに駅を出てしまったのかと慌てて周囲を見渡すも、天井から下が

った案内表示も、真っ平らなコンクリの床やお尻が痛くなりそうなプラスチック製の椅子も、ここはどうみたってありきたりな鉄道のホームの様相です。

にもかかわらず、ホームの先にあるのは砂利の敷かれたレールではなくアスファルトの道路で、しかもそこには全体を真っ赤にラッピングされた大型バスがドアを開けて乗客を待っていました。

「そんな驚いたような顔をするな、こいつはＢＲＴだ」

「ＢＲＴ？　って、あのベーコンとレタスの……」

リュックの蓋の隙間からちょっこり顔を出した火車先輩に訊き返すなり、シャーと牙を剝《む》かれてしまう。

「違うっ！　おまえはなんでも食い物に変換するんじゃない！

ＢＲＴだ、ＢＲＴ。正式名称はバス・ラピッド・トランジット。端的に言えば専用道を走る、バスを用いた高速輸送システムのことだ」

「……いやいや、ＢＲＴだかＢＬＴだか知りませんが、とにかく次の乗り換え電車は気仙沼線でしたよね？」

「そうだ、このバスこそが現在のＪＲ気仙沼線だ。以前は鉄道であった気仙沼線のルートを専用道として転用したＢＲＴだ」

というところまで聞いたところで「間もなく発車します」という声がバスの中から響

き、私は火車先輩の頭をリュックの中にねじ込むと、急いでバスへと飛び乗った。

疑問はあるものの、とりあえず空いていた最前列の席に座ると、気仙沼線のルートを転用したという火車先輩の言葉の意味が、ちょっとだけわかってきました。

フロントガラス越しに見えるのは、横道や交差点がいっさいないままにひたすらまっすぐに延びた道路。そして丘を掘り抜いた、車幅と車高の高さがギリギリの隧道《ずいどう》。

私が高校時代に通学で使っていた地元のローカル線の最前列から見える景色と、今見えている景色はそっくりですよ。

かつて電車が走っていたらしい線路をアスファルトで埋め、専用道にした道をバスが止まることなく走っていく。バスに乗っているのに窓から見える景色はまさに電車のそれで、なんとも不思議な感じになります。

一風変わって面白いけど、なんでこんな面倒そうなものを――と、思った私はスマホで気仙沼線のことを調べ、それから自分の無知を恥じた。

――二〇一一年三月一一日　東日本大震災。

あの日本全土を揺らした上に地軸すらズラしてしまった未曽有《みぞう》の大地震によって、JR気仙沼線の鉄路はいたる所で断線して土砂に埋もれ、津波により一部の線路は沈み橋梁《きょうりょう》さえも流失してしまうという、筆舌に尽くしがたい被害を受けていました。

結果、短期間での復旧などとても見込めない状態で、しかし沿線を復興していくためにも、人も物資も輸送できる交通機関は必須という状況。

そのため緊急の打開策として打ち立てられたのが、このBRTだったようです。

震災の翌年の二〇一二年には早くも一部区間で試験運用を開始し、有用性ありと判断するや、他の不通区間においてもBRT化が推進されていく。

そして二〇一九年一一月、とうとうJR東日本は柳津《やないづ》―気仙沼間で鉄道事業の廃止届けを国土交通省へと提出し、二〇二〇年四月一日に震災復興目的の仮設仕様だったBRTは、名実ともに正式なJR気仙沼線となりました。

被災のダメージが甚大なため莫大《ばくだい》なコストと時間をかけて以前の鉄道に戻すよりも、それは地域住民の利便性と生活に配慮した現実的な判断だったのでしょう。

ひとしきり調べ終えた私は、なんとも複雑な気持ちで再び窓から外を見渡した。

すると松岩《まついわ》という駅を越えた辺りで、外の景色ががらりと変わる。

ここまでは、気仙沼駅からもまだ近いこともあって人里の匂いがした。

でもこの先は違った。

フロントガラス越しに見えるこの先の景色は、何もないならされた平地ばかり。ときおり整地によって集められた土と砂の小さな三角の山があるだけで、それ以外にむき出しの地面の上に存在しているのは、列を成して停車している大量の重機だけだった。

「……あぁ」

知らぬうちに呻《うめ》いてしまう。

この光景を目にするなり頭の中に浮かんできたのは、東日本大震災当日のテレビの中の映像だ。

当時、私はまだ中学生だった。当然ながら実家住まいであり、そして私の実家は同じ東北であり宮城とも県境がある秋田県の、鹿角《かづの》市というところだ。

もちろん揺れた。より震源に近かったこの辺の方々からすれば甘っちょろいと思われるかもしれないけれど、それでもあの日の大地震はこのまま世界が終わるんじゃないかと本気で感じたほどの揺れだった。

教室の屋根は落ち、潜った机の上には割れた蛍光灯の破片が降り注ぎ、あの長い長い揺れの中で、ありきたりな表現だけど本当に生きた心地はしなかった。

ひとまず揺れが収まってからお母さんと連絡をとって安否を確認した私は、交通網の混乱で戻れないお母さんに代わって、急いで小学校まで妹の夜露《よつゆ》を迎えに行った。

姉を小馬鹿にすることにかけては物心つく前から達人だった夜露だが、あの日ばかりは私の顔を見るなり泣きながら抱きついてきた。

泣きじゃくって会話にならない夜露をなだめつつなんとか家に帰り、そして情報を仕入れるためにつけたテレビに映っていた映像が、世界の全てをさらっていってしまいそうな、あの真っ黒い津波の映像だったのだ。

見るのは恐ろしい、でもテレビをつけていないと情報が入ってこない。

あの時点では実家のある鹿角市だって安全かどうか、さっぱりわからなかったのだ。だから私は必死でテレビを見た。余震が来るたびに夜露が泣きじゃくって私に抱きついてくる中でも、いざというときに備えて歯を食い縛りながらテレビを見続けた。

そのときに見た波に呑まれてしまった地域の一つが、まさにここ——気仙沼市の陸前《りくぜん》地区だったのだ。

私はシートに座ったまま、額に手を添えて頭を支える。いろんなことを急に思い出し、少しだけくらくらしてしまった。ここは私の体験など比較にもならない被災の記憶と爪痕が、未だ生々しく残っている土地だった。

やがてBRTの進む先に、地方の駅にありがちな構造の、線路を跨《また》ぐ渡り階段が見えてきた。そこが今回の出張先の最寄り駅、陸前階上《はしかみ》駅だった。

元は線路だった場所のアスファルトの上に降りる。周りが鉄道の駅の構造であるため、まるで線路の上一メートルぐらいのところに浮いているような、なんとも奇妙な感覚に襲われる。

気仙沼駅から乗るときは珍しさで興味津々だったBRTだが、今はこの舗装道を軽々しくそう思う気持ちにはならなかった。

バスが去ってから、火車先輩がリュックからひょっこり顔を出した。

「まぁ、おまえが必要以上に深刻になってもしょうがなかろう。今はこれから対応する案件に集中しろ」

なんとなく私の雰囲気を察した火車先輩が、ふんと鼻を鳴らす。

そう言われただけで気分が変われば苦労はしないけれど、しかしその通りでもあるのも確かで、私は気を取り直して今回の現場である分室の住所をスマホに入力した。

駅から徒歩で行くにはまだまだ近いとは言い難い距離がある。この距離ならバスとかないのかなと思うも、そもそも私が今乗ってきたのがバスでした。

「……しょうがない」

近くないとはいえ、頑張れば歩けない距離というほどでもない。やむなく私はキャリーケースをガラガラと引きながら歩き始めた。

今はお盆前の八月。これまでずっと冷房の効いた電車とバスでの旅だったこともあり、いざ歩き出せば夏の日差しがじりじりと牙をむいてきやがります。

スマホの地図を片手に、あそこの坂さえ登れば問題の分室まではもうすぐのはず、と気力を奮って坂を登り切ると——私は、ぽかんと口を開けてしまった。

坂の上から見えたのは、三方を海に囲まれた小さな出島のような岬の景色だった。

立地的に考えておそらくは港町であったであろうはずの場所なのに、しかし高台に立った今の私の視界に映る色は海と空の青と、他はむき出しの地面の茶色ばかり。

プレハブのような建物やビニールハウスなどは多少あるものの、そこはBRTに乗っていたときに見た光景よりもさらに何もない、荒野のような平地が広がっていた。

4

「単刀直入に言って、本当に人が来るとは思ってもいませんでしたよ。念のために訊いておきますが、足はおありなんですよね？」

と、パーテーションのみで区切られた部屋の簡素な応接セットのソファーに座った私に、先ほど自己紹介を済ませたばかりの小野寺《おのでら》係長がお茶を出してくれる。ちなみに口元こそ笑みの形を保っているものの、目元はいっさい笑っていない。

「あははは……もちろん、足ぐらいありますよ」

私はイラっとしつつも、なんとか愛想笑いで返す。

ちなみに今出されたお茶ですが、いくら冷房が効いている室内とはいえ、この時期に熱いお茶ですよ。新橋から遠路はるばる、最後はひぃこら言いながら駅から歩いてやって来た人に対し、これはいささか嫌がらせが過ぎませんかね。

——実に半日以上の時間をかけて、ようやく私が辿《たど》り着《つ》いたのが、ここ。

国土交通省　東北地方整備局　仙台河川国道事務所　気仙沼国道維持出張所　第三管

理係という、もう舌を嚙みまくりそうな名前をした分室庁舎だった。

駅から歩いてくる途中で見た、広大な工事現場のような景色。その中にひっそりたたずんでいたプレハブのような庁舎——というか実際にプレハブなので、整地中の周囲の風景とあまりに馴染《なじ》み、しばらくはここが分室だと気がつかなかったほどです。

本当は建設会社の事務所じゃないのかと半ば疑問に思いながら、おっかなびっくり訪ねた私を不審者を見る怪訝《けげん》な目で迎えてくれたのが、ただいま私と対面の席に座っている四十路《よそじ》ぐらいの中年の男性。どこぞの上司様とは毛色の違う、神経質そうな銀縁眼鏡をかけた中肉中背の小野寺係長だったわけです。

「そりゃね、上への進捗報告のさいに、ちょっと困った電話がかかってきて職員たちのモチベーションに難が出ている、とは申しましたよ。そうしたら急に昨日になって辻神という方から連絡があり、問題の電話の件を詳しく教えてくれというじゃないですか。ここは最も現場に近い、いうなれば最前線です。ただでさえ忙しいのに何わけのわかんないこと言ってんだと、そもそもおまえはどこの誰だと訊いてみたら、あのふざけた名前の課の課長を名乗るじゃないですか。思わず電話口で、人の悪い冗談はやめてくださ い、と言ってしまいましたよ」

……人の悪い冗談以前に、その電話をかけてきている私の上司様がそもそも人でなかったりするんですがね。そう考えてみれば、もはや辻神課長から電話をもらうこと自体が既にある種の怪異ですよ、ほんと。

「とにかく上からの指示でもありますのでご協力はしますが、うちはご覧の通りどの職員も手一杯でしてね。一先《ひとま》ず私が対応しますが、私も暇な身ではありません。おかしな遊びになるべく手を煩わせないでいただけると、ありがたいですね」

さっき最前線とご自分で例えていましたが、この分室内はまさにそんな感じのバタバタ感です。寄せ集めた机の周りでは、性別も年齢もまちまちな四、五人の職員さんたちが誰も彼も忙《せわ》しなく業務に勤《いそ》しんでいて、余力がないなんてのも確かにその通りなんでしょう。私がここに入ってきたときから、電話もずっと鳴りっぱなしです。

小野寺さんの主張を一通り聞き終えた私は「ふむ」と小さくつぶやき、出された熱いお茶をふーふーと何度も吹いて冷ましてから、乾いた喉の奥へと一気に流し込んだ。

そして苛立《いらだ》つ気持ちを押し殺し、平静を装ったまま反撃の狼煙《のろし》を上げる。

「まあ半年前であれば私だって信じられなかったので、小野寺さんが幽冥推進課の業務を理解しがたいことや、辻神課長を不審がっている気持ちはわかります。

けれども――『ここから出て行け』と電話口で脅してくる元国民様に、みなさん気持ちが参ってしまいそうなほどお困りなのは間違いないんですよね？」

私だって愛想笑いを浮かべてすごすごと引き下がれたら、苦労なんてしないのです。子どもの使いじゃあるまいし、ただ言われるままじゃ、あとで火車先輩から大目玉ですよ。

涼しい顔でイヤミを言っていた小野寺さんの眉がピクリと反応するも、私はまだまだ格上相手に駆け引きできるほどの経験なんて積んでいないぺーぺーな職員です。

「小野寺さんもさっき『上からの指示』とおっしゃっていたように、私だって上長の指示で遠路はるばるここまで来ています。何もせずに手ぶらでは帰れません。幽冥推進課のことを胡散臭《うさんくさ》がるのもわかりますが、それでも上司同士は合意しちゃっているわけですから、ここはすぱっと諦めてもう少し前向きになっていただけませんか。それで地縛霊からのクレームの電話がかかってこなくなれば、儲《もう》けものじゃないですか」

腹芸なんてまるでないストレートど真ん中な私の主張に、小野寺さんは呆《あき》れたように目を細めると、次には初めて本音が垣間《かいま》見えるような苦笑を浮かべた。

「出て行けとかクレームとか、あれはそういう類いのものではないんですよ。……あなたはやっぱり何もわかっていない」

「そうですね、確かによくわかりません。何しろ現地の方から詳細を教えていただけないと、私の上司も困っていたぐらいですので」

売り言葉に買い言葉――とまではいかずとも、微妙な会話の応酬。

吹けば飛ぶ臨時職員の私が係長職とこんな殺伐とした会話をするとか、実のところ心臓がバクバクですけれど、そこはなんとかポーカーフェイスです。……苦手ですけどね。

でもまあその甲斐《かい》あってか、先に折れたのは小野寺さんのほうでした。

「わかりました――困っているのは確かに事実なので、おっしゃるようにダメ元で対処をお願いすることにしましょう」

諦めたようなため息を吐《つ》くなり、小野寺さんはすっと立ち上がると、私を一瞥《いちべつ》して応接スペースから出ていく。

いきなりの行動に、慌てて火車先輩の入ったリュックを背負いその背中を追うも、

「……えっ？」

これまでずっと忙しそうにしていた職員全員が手を止めて、応接スペースから出てきた私をじっと見ていた。

その視線の圧に、思考が一瞬停止しそうになる。

だけど、なんだろう――どことなく不思議な視線でもあった。

胡乱《うろん》で、不安そうで、でもどこか縋《すが》るようで、疎ましそうにしていながらも、一方で期待を込めているような、なんだか裏腹な目つきだった。そんな目をした本人たちも、言い知れない自分たちの感情を持て余しているような、そんな気がした。

その奇妙な注視は短い時間のことで、まるで一時停止を解除したかのごとく、すぐさまみなさんの仕事が再開される。

今のでわかったのは、忙しいからといって私は無視されているわけではないというこ

とだ。むしろ逆で強く意識されている。ここの方々を悩ます怪異が起きているのは、やはり確かなのだろう。

「何をしているんですか？　こちらですよ」

応接スペースを出たところで立ち尽くしていた私はその声で我に返り、既にプレハブの奥の引き戸の前にまで移動していた小野寺さんの元に駆け付けた。

「それでこの先は倉庫になっているんですがね……あぁ、もうあまり時間がないか。解決してくださるというのなら、とにかく一度、電話に出てみてください」

自身の腕時計で時刻を確認した小野寺さんが、倉庫らしい引き戸をガラリと開ける。

途端に、私がこの分室に到着したときからずっと鳴り響いていた電話の音が、ぐんと一段大きくなって聞こえた。

倉庫だけあってダンボール箱が山と積まれた部屋の中へと、小野寺さんが歩み入る。そのまま倉庫の片隅の、壁に掛かった受話器しかない内線用のシンプルな電話機の前に立ち、実に困り切った苦々しい笑みを浮かべた。

「こいつですよ。こいつがその――問題の電話なんです」

私の目が丸くなる。

職員の方々がみんな忙しそうにしているから電話をとる暇もないのだろうと思っていたのだが、実際にはそうじゃなかったということだ。

小野寺さんが示した、けたたましくコール音を鳴らし続ける電話機から伸びた電話線は、途中で切れてぷらんと垂れている。つまり私がこの分室に来たその瞬間から、既に平然と怪現象は起きていたわけだ。

職員の方たちが縋るような目で私を見ていたのも、少し納得できた。

「出る気があるのなら今のうちですよ。今日はあと一、二分で切れると思いますから」

「えっ？」

状況に面食らいながらも、言われるがまま少しだけ焦って電話機へと近づいてみた。

よく見れば電話線の切れた箇所は皮膜のゴムが爛《ただ》れたように伸び、何本もの細い銅線が乱れながら飛び出している。たぶん人の手で無理矢理に引き千切ったのだろう。

電気がきていない。通信的にも繋がっているはずがない。しかしそれでも呼び出し音は鳴り続けている。その単調な電子音の向こう側に、誰かが出ることを手ぐすね引いて待ち続けている何者かの存在を感じ、私の喉がごくりと勝手に鳴ってしまった。

多少は慣れてきたつもりでも、いざ怪現象を目の当たりにしてしまうとやっぱりまだ足が竦《すく》んでしまう。だけど小野寺さんもいる手前、私は幽冥推進課の職員の矜持《きょうじ》でもって、なんとか受話器を手にした。

「……はい」

と、応じつつ恐る恐る受話口を耳に近づけて——その瞬間、

『なんで、まだそんなところにいるのよっっ!!』


悲鳴のような怒号が、私の鼓膜を貫いた。

予想の遥《はる》か斜め上を行く怨霊――ならざる音量に、恐怖からやや猫背になっていた私の背中が一瞬でピンと伸びた。

『防災放送は聞こえてるんでしょ! 早く……早く、そこから出るのっ! そこを出たらすぐに海とは反対方向に走って、それから少しでも高いところに登るのよっ!』

あまりの大声に、受話器を放り投げてしまいたい衝動に駆られる。

だけど――この話の内容は、ひょっとして。

『ねぇ、お願いだから返事をして従ってちょうだい。とにかく時間がないのよ。――もうすぐその辺りは、津波に呑まれるのっ!!』

切羽詰まった声とその内容に、私は息を呑む。

あぁ……やっぱり、そうだ。

これはあの日から――あの大災害の起きた日に時間が停まってしまった死者から、かかってきている電話だ。未だにあの日の、切迫した渦中にいる地縛霊からの電話なんだ。

受話器を握る私の手に汗が滲《にじ》み、つい力がこもってしまう。

意を決し「あ、あのっ！」と声を返すも、決して小さくはなかった私の声は、同時に受話口から響き渡ってきた轟音《ごうおん》によってかき消されてしまった。

バキバキバキッ――と、まるでこのプレハブが崩壊しているのではないかと疑いたくなるほどの猛烈な破壊音が倉庫内に反響する。

たまらずに手の中の受話器を放して尻餅をつくが、渦巻いたコードで吊《つ》り下がった受話器は左右に揺れながら、なおも壊滅的な音を振りまき続ける。

やがて破裂音の中にゴゴゴッという地の底から迫るような水音が混じり始めると、

『逃げてぇぇっ!!』

周囲の何もかもを吹き飛ばしそうなほどの女性の絶叫が響き――そしてそれを最後に、このプレハブ自体が揺れてしまいそうだった音が、全てプツリと消えた。

線の繋がった電話と違ってツーツーという電子音すらしない、ただの沈黙が訪れる。

静かになった倉庫の床に座ったまま、私は唖然《あぜん》としながら「……あぁ」と呻いた。

今の私の瞼《まぶた》の裏にちらついているのは、ここに来るまでに目にしたこの土地の現在の姿だ。そして土地に縛られる地縛霊がかけてきた電話ということが、今の電話の意味を私に悟らせていた。

　正直に言えば、しばしこのまま放心していたかった。それぐらい、心が何を感じていいのかわからなくなっていた。

　だけど視界の端にいた小野寺さんが、溶けた飴《あめ》細工のようにへにゃりとその場に崩れるのを見た瞬間、あの倒れ方は不味《まず》いととっさに頭のスイッチが入って駆け寄った。

「だ、だいじょうぶですか？」

「……ええ、だいじょうぶですよ」

　返事こそあるものの、膝をついた小野寺さんの顔色はすこぶる悪い。

　突然のことにおろおろする私を前に、小野寺さんが困ったように口元を歪《ゆが》めた。

「いや……本当にそんなに心配しなくてもだいじょうぶです。少ししたら落ち着きますよ。今の電話の声と音を横で聞いていてね——私もまた、あの日にやってきた津波の情景を思い出してしまっただけですから」

　小野寺さんが額に滲んだ脂汗を手の甲で拭う。

　その手首に着けた腕時計の針が指した現在の時刻は、一五時二〇分。

　それはあの日、陸前地区へと津波が到着した時刻とほぼ同じ時間を示していた。

5

「私を含めてこの分室の者は、全員なんらかの形でこの地区と関わりがありましてね。震災の日は、誰もが似たりよったりの経験をしているんです」

私の肩を借り、よろけながらも応接スペースに戻ってきた小野寺さんが、ソファーに深く身体《からだ》を沈め込みながら語り出す。

「最初はね、なんてひどい悪戯《いたずら》だと憤慨しましたよ。亡くなった方の想《おも》いを弄ぶような、あんな電話をかけてくる奴《やつ》は人の心がないって、分室のみんなで声を荒らげてました。でもね、受話器を外しても電話はかかってくる。線を切ったのに、それでも呼び出し音が鳴る。なんとしてでも『逃げろ』と伝えるため、何度でも何度でも必死で電話をかけてくる。それも毎日、必ず地震が起きた直後の一四時五〇分にかかってきて、津波が到着した一五時二〇分頃には切れてしまう。

――そんな電話が本物なんだとわかったとき、私たちは言葉を失いました。

今でも信じられない気持ちはあります。でもそれ以上にね、私たちには誰かを助けようと悲痛な声で必死に電話をかけてくる、あの人の気持ちが痛いほどにわかるんです」

小野寺さんは力なく膝の上で両手を組み、その上に重そうに自分の額を載せた。うなだれているので表情こそわからないが、それでもどんな顔をしているのかは容易に想像がついた。

「交通網の整備と維持は、その土地で人が暮らしていく礎《いしずえ》です。それがこの地区の復興を支えていくと思うからこそ、この分室にいる者はみんな自分から配属希望を出してまで、この最前線に来てくれました。そんな私たちにとって、あの電話から聞こえてくる、あの日のままの悲鳴はあまりにも生々し過ぎるんですよ」

小野寺さん曰《いわ》く「自分にはＰＴＳＤ（心的外傷後ストレス障害）となるほどのトラウマは存在していません」とのことだが、それでも最初にあの電話をとってあの訴えを聞いたときには、今以上に気分が悪くなってその場で完全に倒れてしまったのだそうだ。

逃げてと泣きそうな声で喚《わめ》き、次に地響きのような水音が轟《とどろ》き迫ってくる――小野寺さんはあの音を聞くだけで、一生の中で最も辛く、最も悲しかったであろうあの日に一瞬で時間を巻き戻されてしまうのだろう。

そしてその感覚は、この土地と関係があるがゆえに自分たちから集まってくれたらしい、この第三管理分室で業務する方々全員が似たり寄ったりなのだと思う。

――辛い記憶と感情が呼び起こされる怪異。

目を背けようにも、亡くなってなお誰かのために叫ぶあの痛ましい声を聞いてしまったあとでは、壁越しにコール音が鳴るだけでも浮き足立つのは無理からぬと思う。

この地の陰惨な記憶を持つ人たちにとって、あの電話はあまりに重すぎるに違いない。

「とりあえずあの電話機を取り外して、建物の外に出してはどうですか？」

未練を晴らすわけではないので根本的な解決方法ではないものの、それでも職場の方々のフラストレーションを減らす緊急措置としては有効だと思う。

「そんなことはもう試しましたよ。でもね、倉庫のあの電話を取り外せば、今度は同じ時間にオフィスの固定電話が鳴り出すんです。固定電話を全部なくすと、次は職員の誰かの携帯電話が鳴るようになる。毎日決まって同じ時間に、同じ内容の電話がかならずこのプレハブの中で鳴り始める。さすがに電話がなければ業務にはなりません。ですのでせめて影響を少なくするために、倉庫の中の電話はそのままにしてあるんですよ」

手を替え品を替えしても、この場所にいる限りは電話がかかってくる。

それだけ、この土地に遺《のこ》るあの地縛霊の想いは強いということなのだろう。

今の話で思い出したのは、私が一番最初に担当した案件――青梅《おうめ》のトンネルで消えるヒッチハイカーとなっていた山田《やまだ》さんの件だ。彼は生まれたばかりの子どもと妻に会いたい一心で、自分が死んだことすら気付かずに事故現場で時間を止めてしまっていた。

今回の電話をかけてくる地縛霊も、たぶん同じだ。

毎日、同じ時間に電話をかけてくるらしいあの地縛霊は誰かを逃がすために、誰かに生きて欲しいがために、自分が死んだことすらも忘れて電話をかけてくる。

身が裂けるような無念を晴らすべく、延々と末期の瞬間を繰り返しているのだろう。

少しだけ顔色を取り戻した小野寺さんが、どこか冷めた感情のこもっていない目を私に向けた。

「あなたの上司に対して事情を説明し難《にく》かったのが、これで理解してもらえましたかね？　確かに恐ろしいですよ。今でも信じられない気持ちはありますが、それでも認めざるを得ません。まごうことなく本物の怪奇現象なのでしょうね、あの電話は。

――だけどね、どれほど怖くて聞くのが辛い電話であろうとも、あの日の記憶を共有している私たちは、絶対にあの電話を無下には扱いたくないんです。正面から向き合うのは足が震えても、どうか安らかになって欲しいと皆が真剣に願っています。

ですから、できるものならあなたにもあまり関わって欲しくはない。幽冥推進課というのがどんな課なのかよく知りませんが、それでも外から来た人間に軽い気持ちであの電話に触れて欲しくはありません」

自分でもあまりコントロールが利かないのだろう。自身の中の表現することが難しい感情に、小野寺さんが心底から困ったような表情を浮かべた。

――地縛霊が遺してしまった想いと、それから生きた人たちが今も抱え続ける想い。この地では、多すぎる様々な想いが今も複雑に絡み合ってもつれている。

私だってそれなりに震災を体験してはいる。だけど同じ日の記憶ではあっても、迫り来るおぞましい津波を目撃した小野寺さんたちと同じ体験を共有できてはいない。

だからだろう、何か口にしようにも私の舌は怖《お》じけて縮こまっていた。

私の想像を遥かに上回るほどに、深刻な問題を孕《はら》んでいた案件。

地縛霊からかかってくる怪電話を解決するだけでは終わらない——この問題の根の深さを察し、私はただただその場で立ち尽くすことしかできなかった。

6

百々目鬼さんが予約しておいてくれた、気仙沼市街のビジネスホテル。

フロントで渡されたカードキーで部屋に入るなり、待ってましたとばかりに背負ったリュックの中から火車先輩が飛び出した。

だいぶ窮屈だったようで背中を弓なりに大きく曲げてぐっと伸びをし、折れちゃうんじゃないかと心配になるほど背骨をポキポキと鳴らす。それから大欠伸を一つすると、キョロキョロと室内を物色し始めた。

とはいえ、室内にあるのは簡素なシングルベッドと、小さな液晶テレビが載ったサイドボードぐらい。そんな寝ることだけに特化したような一人部屋で火車先輩が目を付けたのは、よりにもよって一つしかない枕だった。ひょいとベッドの上に跳び乗るとぽてぽてとシーツの上を歩き、枕をクッション代わりにするかのようにその上で丸くなる。

いつもなら「火車先輩、抜け毛がひどいんですからっ!」と喚き散らしてベッドの上から追い払うところだけれども、でも今はなんとなくそんな気にはなれず、リュックを床に降ろすなり私は背もたれのない小さな丸椅子にがくりと座った。

「……ほんと、今日の火車先輩はいっさい喋《しゃべ》らずに全部私任せなんですから。ちょっとばかり後輩使いが荒過ぎませんかね」

「仕方なかろうが。怪異に戸惑う職員たちの前で、ワシがこんな身体を晒《さら》せば現場がさらに混乱するのは明白だからな。それともあれか？　最初にちょっと邪険にされた腹いせに、おまえは怪電話に悩むあの分室をしっちゃかめっちゃかにしたいのか？」

「そんなことあるわけないじゃないですか。……わかりましたよ、意地の悪い火車先輩にはもう頼りません。私が矢面に立ちます」

八つ当たり気味な自分の言い分に、意地が悪いのはどっちだ、と心の中で自問自答してしまう。火車先輩が言っていることの方が正論なのに、それでも愚痴を言わずにいられない。

性格悪いなぁ、私――なんて思っていたら、急に火車先輩が神妙な面持ちを浮かべた。

「今回の案件をことさら辛く感じるおまえのその気持ち、まあわからんでもないさ。おまえは〝サバイバーズ・ギルト〟という言葉を知っておるか？」

予期も予見もしていなかった耳に覚えのない横文字に、私は「なんですか、それ」と口にしながら首を横に振った。

「大災害を体験して生き残った者たちはな、紙一重の状況下で亡くなった人々に対して罪悪感を抱くことが多い——その心の痛みをサバイバーズ・ギルトと称するのだ。

自分自身も被災し、決して誰かを助ける余裕などなかったはずなのに、それでも安全な状況になって落ち着くと『あのとき、ああしておけば誰かを救えたかもしれない』『私に勇気がなかったせいで、助けられた人を見殺しにしたかもしれない』と、自分を責め始めてしまう者は多い。

もちろん実際にそんなことはない。大災害に巻き込まれた者は、誰しもが激しく混乱して迷走する中で、かろうじて生き残れた者ばかりだ。他人に手を差し伸べられるような状況ではなかったはずなのに、しかしそれでも負い目を感じてしまう。

——それが、人の心というものだ」

火車先輩の語りに、私はただ「……あぁ」と呻いて納得するしかなかった。

まさに小野寺さんやあの分室の方々の心境は、それなのだろう。

怖くて恐ろしくて無視をしたくても、あの日の記憶を持つ自分自身が納得できない。

何かをしてあげたくても、死者に対して何かを施せるわけがない。

電話が鳴る度にあの日を思い出しては歯噛みすると同時に臍《ほぞ》もかみ、トラウマに怯《おび》えながらもままならない想いにストレスを蓄積させているのだと思う。

これが急ぎの案件として依頼されたのも今なら納得だ。放置しておけば現場の職員方の心労が積み上がるばかりのため、東北地方整備局としては一刻も早く解決すべきと判断したのだろう。

——こんなに重い案件に、私なんかが対応できるのか？　今からでも辻神課長に電話し、今回の件だけは辻神課長本人にでも代わってもらったほうがいいかもしれない。

そんなことを考えていたら——火車先輩が、ふいに湿った鼻で私を嘲笑《あざわら》った。

「ちなみにサバイバーズ・ギルトはな、被災した方たちと接し、支援していこうとする者にも生じやすい感情とも言われている。例えば——今のおまえのようにな」

「……私、ですか？」

「そうだ。辛い被災体験をした方々の中、部外者の自分なんかがこの案件に携わるべきじゃない——と、おおかたそんなつまらんことでも考えていたのだろう？　おまえの表情を見れば一目瞭然だ」

毎度毎度、どうも考えていることが顔に出やすいのが私の質《たち》でして。

認めます——正直、私は今回の案件に関わっていくのが怖くなっています。

いつもながら怪異自体は泣きそうなほどに恐ろしく、線が繋がっていない電話がプルルと鳴っていたところなんて思い出すだけでガクブルですよ。

でもそうではなくて——今の私がそれ以上に怖いと感じているのは、電話の向こう側で猛《たけ》り訴える、自身の命よりも誰かの命を慮《おもんぱか》った地縛霊の無念の重さと凄みだ。

そして流されていく人たちに手を差し伸べたくても伸ばせなかった、生き残った側である小野寺さんたちの葛藤と苦悩の深さだ。

この地の悲劇の重さを知りもしない私なんかが、あの地縛霊の壮絶な無念とその遺志に共感する人たちとの狭間で、いったい何ができるというのか。

「まあ、おまえが萎縮するのもわからんではないよ。メディアからの情報で知っていた被災状況と、現場の状態を生で見た感覚とでは雲泥の差だからな。現地では肌で風の質感も感じられれば、その風に乗って運ばれてくる匂いもあり、何より話を聞かせてくれる目の前の人たちは手を伸ばせば体温を感じられる生きた人間なのだからな。おまえがこれまで抱いていた震災へのイメージなど、そりゃ一瞬で崩れ去るさ」

萎縮する私の心を見透かし、火車先輩がつまらなそうにフンと髭《ひげ》を揺らした。

「しかしどれほど心をかき乱され煩悶《はんもん》しようともな、自分自身がまっとうすべき役割を決して見失うな。確かに今回の案件は、あの未曾有の大災害と地続きの案件だ。爪痕と傷跡の深さに、恐れと怖《おそ》れと畏《おそ》れを感じるのは人であれば当たり前のことだ。だが生者と死者が入り混じった被災地に渦巻く想いが強ければ強いほど、当事者たちの努力のみでは為《な》しえないことだってある。おまえのように外から来た者だからこそ、思いきって患部にメスを入れられることだってあるのだ。

だから渦中に入ることをためらうな、怖がるな。相手の苦しみを理解して寄り添っていくことはとても大事なことだが、かといって呑みこまれるな。おまえは自分のやれる、おまえだからこそできることをただ無心でやり切れば、それでいいのだ」

長いご高説を終えた火車先輩は「以上だ」と最後に付け加え、お気に入りとなったらしい枕の上にむちむちのお腹《なか》を載せたまままいっそう丸くなった。

――どうしてこの先輩は、いつも私の心の弱さを簡単に見抜くのだろう。

まったくもって火車先輩の言う通りだ。

タブーを知らない余所者《よそもの》である私だからこそ、殻を破ってできることだってきっとある。

ならば――覚悟を持て、私。

怖じけず怯《ひる》まず立ち止まらず、しっかりと前を見て彼らと向き合え。

辛い記憶を乗り越え、復興のために骨を折る小野寺さんたちの頑張りには敬意を払え。

この地で果ててしまった方々の無念にも想いを馳《は》せて、哀悼しながら尊重しろ。

私がすべきことは、いつもと変わらない。普段通りに体当たりで案件にぶつかって、そして砕け散りながらも最後まで全力で頑張る――ただ、それだけのことだ。

「……この単細胞め。やっと普段通りの顔になったじゃないか」

ふつふつと気力が戻ってきた私の顔を見上げながら、火車先輩が口角を上げる。

「切り替えの早さが、私の数少ない長所ですから」

「抜かせ、思慮が足らんだけの間違いだろうが」

「なんとでも言ってくださいな」

さっきまでの暗澹《あんたん》たる気持ちはどこへやら、今の私は明日になったらまずどう動き出そうかと、そんなことを考え始めていた。

火車先輩にお礼は言いません。そんなものは言わずもがなで、この案件を無事に解決させることこそが、私の背中を押してくれた火車先輩への返礼なのですから。

しかし、心機一転の大事な明日を迎えるに当たって、文字通りに目下で別の問題が横たわっていた。

既成事実ばかりに先に陣取られてしまい、かつ枕に早くも抜け毛をマーキングされてしまったベッド。一つしかないこの部屋の寝床からいかにして火車先輩をどかし、今夜の安眠を確保するかが今の私の最大の悩みの種です。

「とりあえず、おまえは床で寝るというのはどうだ？」

さっきまでのうじうじした雰囲気などどこへやら、今夜は人間様の尊厳をかけたドラ猫先輩との熱い闘いが始まりそうです。

7

「おつかれさまです！」

潑剌《はつらつ》と挨拶しながら第三管理分室に入る私を見て、小野寺さんが目を丸くする。

事情を理解するなりばつが悪そうに退散した昨日の様子から、もう私は来ないだろうとでも思っていたのでしょうが——残念、そうは問屋が卸さないのですよ。

私は私にできることをする。小野寺さんでは躊躇《ちゆうちよ》してしまうような渦中へと入り、そして凝《こご》った想いを解きほぐす。それが部外者である私の役割だ。

ニヤッと意味深に笑った私に、小野寺さんがなんとも複雑な苦笑を浮かべた。

「……先に言っておきますが、今日は昨日ほどにあなたのお相手はできませんよ。私も忙しい身でしてね」

「かまいません。お手を煩わせる気はありません、私は私の仕事をするだけですので。ですから——小野寺さん以外のみなさんも、存分にご自分の業務に励んでください」

応接スペースでの私と小野寺さんの会話に耳をそばだてていた何人かが、自分の席に座ったままであからさまにびくりと肩を跳ねさせた。

——だいじょうぶ、私はここにいる誰の想いもないがしろにする気はない。

とりあえず小野寺さんから許可を取った私は例の倉庫に入ると、壁に立てかけてあった古いパイプ椅子を見つけてそれに座った。

現在の時刻は、一四時半を回っている。毎日かかってくるという一四時五〇分まではまだ二〇分弱ある。とりあえず今はただ電話がかかってくるのを待つだけだ。

——今日の午前中。

私はこの陸前階上駅から第三管理分室までの道すがらにある、東日本大震災遺構・伝承館という建物に寄ってきていた。

土地に想いを遺す地縛霊と話をするとき、土地に刻まれた記憶は共通認識となる。ゆえに交渉に臨む前に、私は痛ましい震災の記憶を少しでも知っておきたかった。

そのため何かないかと昨日の夜にスマホで調べ、それで見つかったのが東日本大震災の惨状と記憶を広く後世へと伝えることを目的としたその伝承館だった。

朝になって気仙沼市街のホテルを出てBRTに乗り、分室の最寄りと同じ陸前階上駅で降りた私は、スマホ片手に伝承館へと歩いて向かう。

途中、道沿いにあった慰霊のお地蔵さんに手を合わせ、さらに先へと進むとやがて見えてきたのは四階建ての校舎でした。

ただし、その姿は被災したときのまま。かつては気仙沼向洋《こうよう》高等学校という学校だったその校舎には、窓ガラスが一枚もなかった。

校舎のすぐ横にある民家の塀みたいな壁は、たぶん体育館の名残りだ。天井の丸いドーム部分が津波で流されて、崩れかけたコンクリートの壁だけが遺っていた。

当時の惨状を残した有様に胸を締め付けられながらも受付を済ませ、それから校舎の中を歩き始めてみて、私はすぐに自分の認識の甘さに気がついた。

外から校舎を見たときには窓ガラスがないと思っていたが、それは間違いだった。窓ガラスどころじゃない。ガラスが嵌《は》まるべき窓枠も、そもそもその窓枠があるべき壁自体すら壊れて流され、ある教室では壁一面に空が広がっていた。

校舎内はどこも皮膚を剝がれたかのように壁の裏の捻《ねじ》れた鉄骨や鉄筋がむき出しとなり、三階にもかかわらず波で運ばれてきた軽自動車が机や椅子を下敷きにひっくり返っている教室もあった。

屋上に登れば、他に高い建物なんてない荒野みたいな景色が見渡せた。ここからだと海はまだ一キロぐらい先にあるように見えるのに、しかし津波はこの校舎の屋上以外の、辺り一帯の全てを沈ませたのだ。

地上まで一三、四メートルはあろうかというのに、それでも足下にまで迫ってきた津波。震災当日にこの学校の屋上に逃げてきた人たちは、どれほど恐ろしかっただろうか。見渡す限りの視界で波が渦巻き、轟き、荒れ狂いながら、今の今まで生活していた港町の全てを呑み込み、水の中へと沈ませていく。

そんなこの世の終わりみたいな光景を想像しただけで、私は自分の足から力が抜けそうになった。

引いた波にさらわれて沈んだ海の底から、あの地縛霊はこの地にいた誰かが逃げ遅れていないか、今も心配しながら電話をかけてきているのだろう。

――ピピピッ

時間を知らせるスマホのアラームが、物思いにふけっていた私を現実に引き戻した。

現在の時刻は一四時四六分。

そこから三分ほど、線が繋がっていない壁掛けの内線電話とにらめっこをし続けると、古めかしいプルルッという電話の音が倉庫内に響き始めた。

「……来おったか」

小野寺さんたちには見つからないよう、背負ったままのリュックから首だけをちょこんと出した火車先輩が、厳《おごそ》かにつぶやいた。

コール音を鳴らし続ける電話機を前に、私はスーハーと一度大きく深呼吸をしてから意を決すると、ガチャリと受話器を手にとった。

「はい、もしもし――」

『幸司《こうじ》っ！　無事なのねっ!?』

二度目であるため今回は意表こそ突かれなかったものの、それでも鼓膜が痛くなりそうなほどの大音量が私の耳を襲った。

「……こ、幸司って？」

「まあ、この地縛霊が電話をかけていた相手の名だろうな」

キーンとなった耳から受話器を離しつつも疑問を口にした私に、火車先輩がさらりと答える。

『どこも怪我《けが》なんかしてないわね？　落ちてきた天井の下敷きにもなってないわよね？　いいこと、無事に歩けるのなら今すぐにその家を出るの。そうして家を出たらね、今度は少しでも高いところに逃げるのよ。すぐに津波が来るの、これまで見たこともないようなとんでもなく大きな津波が、すぐそこまでやって来てるの！』

矢継ぎ早に捲《まく》し立《た》てる、必死な女性の声。

そこに割り込むべく、私は「あ、あのっ！」と送話口に向けて声を張り上げた。

すると電話の向こうで、はっと息を呑む気配がした。

『幸司じゃない……あなた、いったい誰なの？』

「いや、誰かと問われてしまいますと……それがちょっと複雑な事情でして」

『――ごめんなさい。やっぱり、誰でもいいわ』

「えっ？」

『お願いします！　様子を見に来てくれた近所の方でも、もしくはあなたが空き巣であろうとも別にかまいません。その家の二階には、私たちの息子がいるんです。今日は風邪《かぜ》で学校を休んでいたんです。家具の下敷きになっていないか、どうか見てきてください。そして無事でしたら、お願いですから息子を連れてその家から逃げてください！』

……この人の目線からすれば、私はたぶん家の電話に出た不審な人物なのだろう。しかしどこの馬の骨とも知らない怪しい相手であろうとも、それでも頼まずにはいられないほど状況も気持ちも切羽詰まっている。

『私たちも今車でそちらに向かっていますが、もう時間がありません。ラジオでも言っていますが、まもなく大きな津波が来るんです！　だから私たちの息子を連れて、お願いですから早く逃げてくださいっ!!』

胸を抉《えぐ》られるような、悲痛なまでの悲鳴。

今、この人はこっちに向かっていると言った。津波が来ると主張しているこの場所に向けて、車を走らせているのだと言っていた。

つまりこの人は安全な場所にいたのに、息子のことを心配して家に戻ってきて、そしてそのまま津波にさらわれてしまったということになる。

こっちに来ちゃダメです！　と言い返してあげたいが、しかし残念ながらそれはもう意味のないことだ。

——だから。

「わかりました。どうか安心してください、息子さんはきっと見つけます」

『本当ですかっ!?』

「ええ、約束しますよ。ですから、どうかこれから私が訊くことに、落ち着いて答えて欲しいんです」

『……えっ？』

「たぶん何を言っているのか、わからないとは思います。でもこれは、あなたの息子さんを見つけるためにはどうしても必要なことなんです」

どう反応していいかわからない、といった戸惑う気配を受話器の向こうから感じる。動転しているところを混乱させて申し訳ないとは思うけれど、だけど私がいま為すべきはこの人の息子さんの情報を少しでも得ることだ。

「失礼ですが、あなたのお子さんはお一人ですか？　他にはいらっしゃいませんか？」

『……ええ、一人です。うちの子は、幸司だけです』

躊躇しつつも返してくれた答えに、私はさらにたたみかけた。

「では、その幸司君の年齢はいくつですか？」

『八歳です。まだ小学三年生です』

なるほど。当時で八歳だとすれば、現時点ではもうそれなりの大人になっているわけで——と考えたところで、実はその息子さんも津波に呑まれている可能性もあることに気がつくが、今はその不吉な想像を頭を左右に振って払った。

「念のために訊きますが、あなたが今電話をかけている先はご自宅ですよね？」

それをそっちから訊くのか――と、怪訝そうな吐息を電話の向こうから感じるも、すぐに諦めたような声で答えが返ってきた。

『……もちろん、そのつもりです。あなたが取って私と会話しているその受話器は、私どもの家の固定電話ですよね？』

悪いけれど、その質問は無視させていただく。重要なのは携帯電話ではなく、固定された電話にかけているかどうかだ。自宅の固定電話であれば、今は分室のプレハブが建っているこの場所こそ、やはりこの人たちの家が建っていた場所なのだろう。

情報を得るための私の質問は、まだ終わらない。

「そういえば、先ほど私たちとおっしゃいましたが、こちらに向かっているという車には他にも誰か乗っているんですか？」

『はい。私の横で、今うちの人が運転をしています』

悪い予感が当たって、知らずと受話器を握る手に力がこもってしまった。

一人息子を助けるために、津波が来るとわかっている自宅に戻り、結果として夫婦そろって流されてしまったのだろう。隣にいるということは、おそらく二人して同じ未練を抱えている。

痛ましい事実に胸が張り裂けそうになるも、それでも私は口を動かし続けた。

「……失礼ですが、お二人の名字は？」

『——菅原《すがわら》です』

　ということは探すべきお子さんの名前は、菅原幸司君であるはずだ。

『あの……もういいですか？　本当に時間がないんです。こんな質問なんてあとからいくらでもお答えしますから、今はその家から息子を連れて早く逃げてください』

　いよいよ痺《しび》れを切らした母親の声。

　情報はだいぶ出そろった。あとは両親の必死な願いが通じて幸司君が、ちゃんと逃げて生きてくれていることを願うばかりだった。

「わかりました。だいじょうぶです——きっと、息子さんは生きていますからね」

『えっ？　……あなたはいったい何を言って』

「わからなくても構いません。今は理解してもらえなくていいです。ですが私は、あえてお約束をします。ここにきっと幸司君を連れてきますから。もう一〇年近くも心配して、ずっと電話を繰り返しかけ続けているあなた方の無念がちゃんと晴れるよう、必ず息子さんを連れてきて差し上げますから。だからお願いです。——どうか、私を信じてください」

　電話口の向こうで母親が沈黙し、迷い、悩み、当惑する息づかいだけが聞こえた。

　彼女らにとっては自分の息子の命がかかっている状況だ。これでわかってもらえるとはとうてい思っていない。

だけど今の私にはこんな手段しかとれない。こんな気休めを言うのが精一杯だった。

繰り返される末期《まつご》の瞬間――きっと明日になれば、この人たちは私との会話なんて忘れてまた幸司君に向けた電話をかけてくるだろう。

それでも同じ思いで延々と苦しみ続けているこの人たちが、僅かであろうとも安心してくれたらと、そう思わずにいられなかった。

『……あのぉ』

やがておずおずとした声が受話口から聞こえ、私は「はい」と返事をする。

『私たちはきっと間に合いません。……あなたがどこのどなたか知りませんが、それでも息子を探して助けてくれるというのであれば、何卒《なにとぞ》よろしくお願いいたします』

二人からすればきっとひどい肩透かしで、なじられたって当然だと思っていた私は、予想に反して想いを託されたと理解するなりぐっと奥歯を噛みしめていた。

「もちろんです！　絶対になんとかしますから、大船に乗った気持ちでいてください」

どんな津波でも大丈夫な大船に――そんな気持ちで放った言葉だが、どうにも応対に困ったような失笑が聞こえると同時に、ブツリと電話が切れた。

家に戻る自分たちが幸司君を連れて逃げるのは、たぶん間に合わないとわかってなお電話をかけてきていたご両親は、なんとなくだが状況を察したのだろう。

だから私に幸司君を託し、そのまま電話を切ったのだと思う。

「……これは頑張らんとならんな」

耳を垂らしてぼそりとつぶやきながら、火車先輩がリュックの中に頭を引っ込めた。

そんなのは言われるまでもない。私は知らぬ間に眦《まなじり》に滲んでいた涙を指で拭い、倉庫から出るべく引き戸を開けた。

瞬間、小野寺さんと目が合った。

まるで中の様子を聞き耳を立ててうかがっていたかのように、倉庫の引き戸を挟んですぐそこに小野寺さんが立っていたのだ。

いきなり戸が開いて私と面と向かう形になり、小野寺さんが気まずそうに顔を伏せる。

小野寺さんには邪険にされてきた私だけど、これには苦笑を浮かべるしかない。

忙しいだなんだと言おうとも、自分たちが流されてなお子どもの身ばかりを案ずるあの電話が、やっぱり小野寺さんだって気になってしょうがなかったのだ。

そしてその想いは、この分室の全員が同じはずだ。

だから私は隠すことなくこの分室のみなさんにもあえて聞こえるように、大きな声を張り上げた。

「小野寺係長！　この案件の解決に向けまして、私はこちらの第三管理分室にお願いしたいことがあります！」

気まずそうに顔を背けていた小野寺さんが、少しだけ驚き目を丸くした。

「……お願い、ですか？」

「そうです。残念ながら私は余所者で、この辺りの土地鑑がありません。ですからこの土地に関わりの深い、この分室の方々にお願いします。この分室が建っているこの土地には、津波が来る前には個人宅が建っていたはずです。当時そこに住んでいた菅原幸司君という少年を探してください。

そして見つけたら、どうかこの分室に連れてきて欲しいんです。その彼こそが、亡くなったあの人たちがかけてくる電話をとるべき人物なんです」

私の言葉の意味を悟り、小野寺さんが神妙な面持ちとなって頷《うなず》いた。

——正直なところ、幸司君もまた流されてしまっている可能性はある。

体調が悪くて家で一人寝ていたのなら、母親が心配していたように家具の下敷きとなって動けなかった可能性も、怖くて震えたまま逃げそびれてしまったなんてことだってあるかもしれない。

だけど自分たちの命を捨てる覚悟で、子どもを迎えに行こうとした両親がいたのだ。

悲しくて非情なことばかりかもしれないが、それでもそこまで世界は残酷ではないと、私はそう信じたかった。

8

大震災の前日の夜、菅原幸司君は風邪を引いて熱を出してしまったらしい。

大人しく自分の部屋のベッドで横になりながら、母親が作ってくれたおかゆを食べ、苦手な葛根湯《かっこんとう》を飲み、それで三八度あった熱は翌朝にはいくらか引いたのだそうだ。

それでも関節は痛くて身体はだるい。熱もまだまだ平熱にまでは下がっていない。

体温計を眺めながら困り顔をするお母さんに「今日は学校を休みなさい」と言われて、幸司君はそれまで皆勤賞だったこともあり猛反発をしたらしい。

いやだいやだ、と喚き散らして、ひどく怒られた。さらにはその声を聞きつけたお父さんまでもがお母さんに味方をし始めて、「休みなさい！」と二人して怒ってきたのでたまらない。

今日は放課後に友達とサッカーをする予定だったのに、両親二人ともから「学校を休め」と言われてしまっては、僅か八歳の幸司君に抗《あらが》う術《すべ》などあるわけがなかった。

「そんなに学校に行きたいのなら、今日は絶対に部屋で寝てるのよ！　そしたらきっと明日は行けるようになるから！」

お母さんは怒鳴るようにそう告げると幸司君を家に残し、お父さんの車で両親ともに、自分たちが経営する気仙沼駅前の飲食店に出勤していったそうだ。

納得はいかないながらも、だけど確かに身体はまだ辛い。幸司君はしぶしぶと自分の部屋のベッドで横になり、やがて風邪薬も効いてきてすやすやと眠ってしまったらしい。

再び目を覚ましたときは既にお昼過ぎ、空腹を覚えて台所に降りていけば、幸司君のためにとお母さんが作っておいてくれたタマゴサンドが置いてあった。

冷蔵庫の中のオレンジジュースと合わせて貪《むさぼ》るように食べ、それで幸司君は自分の身体がすっかり良くなっていることに気がついた。

熱を測ってみても、もはや平熱の三六度台。体感ではもう完全に風邪は治っている。

そうなると再び頭をよぎり出すのは、友達と遊ぶ約束だった。今から家を出て小学校に行けば、放課後にはまだまだ間に合う。皆勤賞は無理だろうけれど、それでもみんなで帰りがけに校庭でやる予定のサッカーには参加できるはずだ。

――風邪が治ったんだからいいじゃない。

今日は絶対に部屋で寝てなさい、というお母さんの言いつけを思い出すも、しかしお母さんが家に帰ってくるのは大学生のバイトさんがシフトに入る夕方だ。

それまでに戻ってきてベッドに入って寝ていれば、きっとばれやしない。

そう思ったら、もういてもたってもいられなかった。幸司君はパジャマから普段着に着替えると家を出て、病み上がりにもかかわらず学校まで走っていったらしい。

六時間目の授業が終わって、みんなが教室から出てくるまではあと二〇分ばかり。

それまで校門の陰でクラスメイトを待っていようと思っていた幸司君だが、

二〇一一年　三月一一日　一四時四六分。

かの未曽有の大地震が、東日本の全てを揺らした。

幸司君の目の前で校門の壁がガラガラと崩れ、校舎の窓ガラスはいっせいに割れて落ちてくる。

校庭の中心まで避難してガタガタ震えていた幸司君は先生に見つけてもらうと、連れられるままに校舎の屋上へと避難した。生徒たちだけではなく、近所の人も集まってきた校舎の屋上は、怒号と喚き声ばかりが飛び交っていたらしい。

やがて遠くの海の方から来て、もの凄《すご》い勢いで地面を覆っていく黒いうねりが見え始めたとき、幸司君は瞬《まばた》きをすることさえ忘れてしまった。

今しがた波に呑まれたのは、生まれてからずっとお父さんとお母さんとともに暮らしてきた、自分の家がある辺りだ。

ほんの一瞬前までそこにあった全てが流されていく、まさに悪夢の光景。

それは他のみんなにとっても同じだった。この学校に通う半数近くの生徒の家も、ぽかんと口を開けている間に、真っ黒く穢《けが》れたおぞましい津波の中へと消えていく。

幼いながらも、みんなその意味はわかっていた。

認めたくない事実を前に、ほとんどの生徒たちがギャーギャーと泣き喚く。

目の前の信じられない光景に生きた心地もしなければ、迫り来る津波と繰り返し襲ってくる揺れの中で、今自分たちが生きていること自体が実際に死と紙一重だった。

誰の口からも悲鳴しか出てこない、屋上に充満した阿鼻叫喚《あびきょうかん》。

しかしその中において、幸司君は必死になって涙をこらえていた。

——自分は、だいじょうぶだ。

たとえ家が壊れて流されてしまっても、自分はまだだいじょうぶだから。

だって、お父さんとお母さんは無事なんだもの。

お父さんとお母さんは、今日も気仙沼駅前のお店に働きに行った。波打ち際から遠く離れたあのお店なら、津波だって届くわけがない。

だから二人とも、間違いなく無事なはずだ。

学校の子たちの中には、家にお母さんがいたり、お祖父ちゃんお祖母ちゃんがいた子もいるはずだ。

だいじょうぶな僕は、その子たちを勇気づけてあげなくちゃいけない。

自分よりもっと大変な目にあっている子のため、僕は泣いてなんかいられないんだ。

――気仙沼駅付近にいたはずの幸司君の両親の車が、階上地区の瓦礫《がれき》の中から発見されたのは、津波が引いて一週間が過ぎてからのことだった。

なお、ご両親の遺体は、どちらも未だに見つかってはいないそうである。


小野寺さんにお願いした翌日、早くも菅原幸司君が見つかったという連絡を受けて第三管理分室を訪れるなり――こんな話を聞かされた。

「彼を車で連れて来る際に聞いた内容です。さすがに彼が話している間は、口を挟めませんでしたがね――それでも、これぐらいは格別珍しい話でもないんですよ」

と、小野寺さんは悔しそうな表情を浮かべながら下唇を噛んだ。

――二〇一五年の厚生労働省の発表によれば、東日本大震災で親を亡くした遺児の数は一七七八人。その内、両親ともを同時に亡くした子は実に二四一人にも及ぶ。

その数の多さに、私は今さらながら愕然《がくぜん》としてしまった。

「彼ね、しばらくしてから登米《とめ》市に住んでいた祖父に引き取られたそうなんですよ。それでその後、その祖父の家で何度か未遂を起こしているらしいんです」

「……未遂って」

「もちろん、自殺未遂のことです」

その言葉に私の息が喉で支《つか》えた。

「とにかく朝霧さんが連れて来て欲しいとおっしゃった菅原幸司君に、応接スペースで待機してもらっています。この先、私はどうしたらいいのかわかりません。だからあとはよろしくお願いしますよ」

そう言って複雑な表情を浮かべながら自席に向かう小野寺さんに頭を下げ、私はパーテーションで区切られた応接スペースの中へと入った。

そこにいたのは、ソファーに深く腰を下ろしたまま背中を丸めてうな垂れている、一人の青年だった。

「幸司君、いや……菅原幸司さん、ですよね？」

対面のソファーへと腰掛けながら、おずおずと幸司君の名前を呼んでみる。

するとぬっという音がしそうな動作でもって、うつむいていた面が上がった。

途端に――うっ、と呻きそうになるのを、私は必死で堪《こら》える。

「……俺なんかに用があるっていう奇特な人は、あなたですか？」

そう口を動かした菅原幸司君の顔は、まるで幽鬼そのものだったのだ。

眼窩《がんか》の落ち窪《くぼ》んだ目はギョロリとしていて、その目線はどこか虚《うつ》ろだった。ボサボサの髪は、セットどころかたぶん自分でハサミを入れただけで左右の長さがちぐはぐになっている。出《い》で立《た》ちこそ薄手のTシャツに短パンと夏らしくはあるのだが、どちらもすり切れて穴が開いており、詰まるところ自分自身の外見になんてまるで興味がないのがよくわかった。

　無気力、無頓着、無感動——そんな単語が、いくつも私の頭の中を巡る。

「えっと……そうです、私がお呼び立てしてしました。忙しいところすみません——って、そうそう、申し遅れましたが私は朝霧といいます、よろしくお願いします」

　どう会話していいかわからず、油断すれば泳いでしまいそうになる目をなんとか落ち着かせ、私はソファーに座ったまま頭を下げた。

「……俺みたいな奴に頭なんか下げる必要ないですよ。それと一昨日バイトも首になったばかりで、家にいても穀《ごく》を潰すぐらいしかやることもありませんから、別に忙しくもなんともないです」

　何がおもしろいのか、幸司君が喉の奥でククッと自嘲する。

　やりにくい……というか、こんなのどう受け答えをしていいかがわからない。

　小野寺さんはよくこんな彼と二人きりの車で来られたな、なんて感心をしていると、ふとテーブルに置かれた冷たいお茶に幸司君が手を伸ばした。

　ガラス製のコップを握った瞬間、私はギョッとしてしまう。彼の手の内側にはためらい傷、俗にいうリストカットの跡が無数についていたのだ。

　今度は顔を見たときと違い誤魔化しきれず、私の動揺を幸司君に気付かれてしまった。

「——あぁ、この傷ですか。とりあえず被災してから何度もやらかしているのを、ここまで運転してきてくれたあの人には話したんですけどね」

あけすけな言い草に、私の顔が石のようにピシリと硬直してしまう。

にもかかわらず、そんな私に頓着することなく幸司君はあっけらかんと語り続ける。

「これをするとね、少しだけ心が楽になるんですよ。当たり前ですよね、だって俺なんて本当は震災の起きたあの日に、死んでしまったほうが良かったんですから。

俺はあの日、母さんの言いつけを守らなかったんです。あれだけきつく言われていたのに、それを破って学校に行ってしまったんですよ。それなのに母さんも父さんも、俺が約束を守って自分の部屋で寝てると信じて……母さんのことですから、まずまっさきに家に電話をしたと思うんです。だから俺がちゃんと家にいてその電話に出ていたら、きっとこんなことにはなっていなかったはずです。

——これから俺は学校に逃げるから、父さんも母さんも安全なところに戻って。

そのひと言を電話で言えてさえいたら、今頃は二人ともきっと生きていました。だからね、俺が二人を殺したのも同じなんですよ。家で寝てなさい、という親の言いつけを守らなかったから、罰が当たって父さんも母さんも死んでしまった。それなのに、俺一人が今ものうのうと生きている。こんなことは、あっちゃいけないんですよ！　せめて俺も一緒に流されるべきだったんです。約束を破った側の俺だけが助かるとか、そんなのは理不尽過ぎます！　むしろ俺だけが、流されて死ぬべきだったんですっ!!」

淡々としていた幸司君の言葉に徐々に力がこもっていき、最後には掌《てのひら》に爪が食い込むほど強く拳が握られていた。

これは……サバイバーズ・ギルトだ。生き残った者が感じる、死んでしまった者への後ろめたさだ。

身が引き裂かれるような、むしろ裂いて殺してくれと叫び訴えたくなるような、そんなあの日の後悔ばかりが幸司君の身体の中には満ちていた。

かける言葉すら出てこない私を前に、想いを吐き出し始めた幸司君の口はさらに想いを吐露し続ける。

「自分の血を見るとね、安心するんです。俺は臆病ですからね、これでも死ぬのは怖いんですよ。でも手首を切ればそこからは血が溢《あふ》れてきて、この血が俺の身体から流れ切りさえすれば死ねるんだって、鈍い痛みと赤黒い色がそう実感させてくれるんです。だからその気になればいつだって、本気で死のうと思いさえすればそれだけですぐにちゃんと死ねて、そうしたらそのあとで母さんと父さんにもう一度会えるはずなんです。

祖父さんは、バカなことを考えてないで学校に行くか働くかしろ、ってよく言います。でも生きている限り俺の望みは一つだけです。いつか死んで向こう側に逝き、父さんと母さんに怒られたい――おまえが約束を守らなかったから父さんも母さんも死んだんだって、俺は二人に詰《なじ》られ咎《とが》められながら、ボロボロになるまで謝り続けたいんです」

気がつけば天を仰いでしまっていた私の口から、湿ったため息がもれていた。

詰られ咎められるため自ら死んで、自分のせいで亡くなった両親に会いに逝きたい。

それは——なんて悲しい再会の動機なのだろうか。

その切なさに、今にも私の胸はビリビリと裂けてしまいそうだった。

私は、幸司君のことが痛ましくてたまらない。

自分を迎えに行った両親が津波に流されたことを知ったその日から、彼はきっと一瞬たりともその辛過ぎる罪悪感を拭えたことはないのだろう。

寝ても覚めてもいついかなるときも、常に罪の意識を背負ってきたに違いない。

こうやって自分を責めて罰し続けなければ、たぶん生きてこられなかったのだ。せめて苦しみ後悔し続けていなければ、両親を殺した自分の心臓が動いていることさえ許すことができない——そんな想いに、心を支配され続けてきたのだろう。

「……そうだよね。きっとそう感じちゃうよね？　苦しいよね？　辛いよね？」

一説によれば、リストカットは他人に辛い想いを知って欲しいというサインらしい。

そんな想いもいくらかはあるだろうが、でも彼の場合、その傷跡はたぶん葛藤の証《あかし》だ。

心の辛さと苦しみから解放されてもう死にたいという欲求と、それでもまだ死にたくないと心の底でうずくまりながらも主張する生への欲望との、両者のせめぎ合いによって生まれた歪んだ自傷行為だ。

目を潤ませた私につられるように、幸司君の眦《まなじり》にも涙が溜《た》まり始める。

「あぁ、辛いさ。ただただ辛いんだよ……俺は、なんで今も生きているんだろうな。八歳の頃の俺がさ、頭の中でずっと言い続けているんだよ。——お父さんとお母さんに会いたいから早く死んでよ、って。それでお母さんたちに約束破ってごめんなさいって謝ろうって、常に俺の心を揺すぶってくるんだよ」

「だけど……たとえそうであっても、命をかけて助けようとしたあなたが今も生きていることをご両親は嬉《うれ》しく思っているはずだよ。苦しくて辛くても、それでも今も必死で生きてくれていることを、間違いなく喜んで感謝してくれるはずなんだよ」

「そんなことは何万回もカウンセラーの人たちから聞かされたよ。いい加減な言葉で適当に慰めないでくれ、俺が殺した両親の気持ちを勝手に代弁しないでくれ。

死んだ人間の気持ちなんて、死んだ人間以外には誰にもわかりはしないんだよ」

「そうだね、普通はそうだよ。あなたの言うことが確かに正しい。

でもね、今回ばかりは違うの。あなたは、親御さんが本当にあなたが死ぬことを望んでいるのか、それを直接訊いて答えを聞くことができる」

「……えっ？」

壁にかかった時計が一四時五〇分を指した。

同時に、倉庫の中にある線の繋がっていない電話のコール音が、応接スペースに居ても聞こえてくる。

「私が幸司君をここに呼んだ理由はね、あなたがちゃんと津波を逃れてここで生きているよって、そう両親に伝えてもらいたいからなの」

9

倉庫の壁にかけられた線の千切れた電話が鳴っているのを見て、幸司君は最初こそ驚いたものの、すぐに冷たい目線を私に向けてきた。

「なぁ……なんの余興だよ、この趣味の良くない悪戯はさ」

「違うよ、悪戯なんかじゃない。今鳴っているその電話はね、あの地震の直後からこの場所に、つまりかつてここに建っていた、あなたの家にかかってきている電話なんだよ。

――わかるよね？　その電話は震災のあの日に心配してかけてきた、ご両親からあなたに向けての電話なの」

途端に幸司君の目が吊り上がり、さっきまでの無気力さが嘘《うそ》のように感情をむき出しにする。

「おいっ!!　あんた、自分が何言っているのかわかってんのかっ!?

ふざけたこと抜かしてんじゃねぇよ！　これが死んだ父さんと母さんからの電話だっ

て？　頭がおかしいんじゃねぇのか？　どうせ父さんと母さんを殺した俺のことを、あんたもバカにしてるんだろっ！」

白目が一瞬で充血して真っ赤になり、怒りで我を忘れた幸司君が私の襟首をつかみ上げてくる。

――わかっている。今の私の発言は、幸司君の心の傷を塩を塗った手で撫でたようなものだ。こうして激高するのも無理からぬことだと思う。

とることのできなかったこの電話を、彼はきっと毎夜のように夢で見たに違いない。言いつけを守ってこの電話をとり、ちゃんと両親に自分の無事を伝える、そんなもしもの世界をずっと夢想していたに違いないのだ。

『だいじょうぶ、僕は問題ないよ。今から逃げるから、だからお父さんもお母さんも安全なところに逃げて！　それで津波が引いたら必ず僕を迎えに来てよっ！』

そのほんの少しの違いであり得たはずの、家族三人が今日まで無事に過ごせていた日々を夢の中で過ごし、そして目を覚ます度に絶望することを繰り返してきたはずだ。

「このプレハブの辺りが、かつての俺の家のあった場所なのはわかってるよ。今日だって役人から連絡をもらって、この場所まで来て欲しいって車で迎えにこられて、俺はてっきり祖父さんが勝手に譲渡したこの土地の権利に関する話かと思ったさ。

思い出すから来たくもないのに来てやったっていうのに……それをどんなカウンセリ

ングか知らねぇが、なんでこんな下らない三文芝居みたいなまねに付き合ってやんなくちゃならねぇんだよっ！」

幸司君のオーバーヒートした感情が涙となり、今にも零《こぼ》れそうなほど潤んだ目でもって私を睨みつけてくる。

幸司君の痛いほどの心の苦しみに怯みそうになるも、でも私だって真剣なのだ。

「ちっともバカになんかしていないっ！　今日まで苦しみ続けてきたあなたのような人の気持ちを蔑《ないがし》ろになんてできるわけがないでしょうがっ！

――私はね、一昨日初めてこの地区に来て、もう一〇年近くも経《た》っているのに未だに整地されただけのこの土地の様子に、震災のことを忘れかけていた自分が恥ずかしくなった。トラウマを抱えながらも、復興のために頑張っている職員さんたちのことを知って、自分がこれまでのうのうとしていたことが申し訳なくなった。

確かに、同じ体験をしていない私にはあなたの苦しみの深さなんて想像がつかない。でもそれでも家族の中でただ一人生き残ったあなたが、常に罪悪感に責められ苦しみ続けていることだけはわかっているんだよっ！

だからちょっとだけでいい！　あなたの心が今より少しでも楽になるように、もうちょっとだけでも生きやすくなるように、お願いだからその手助けを私にさせてよっ!!」

やっぱり私はダメだ。……ダメな職員ですよ。

堪えようと思っていても、いつもここぞというときには先に涙が出てしまう。我ながら感情の抑えがつかない、情けない。私は本当に泣き虫な人間だ。

本当に泣きたいのは辛い思いをした幸司君の方であるはずなのに、それでも私の方が先にボロボロと泣き始めてしまった。

下唇を噛んで今にもしゃくり出しそうなのを堪える私の顔を見て、襟首をつかみ上げていた幸司君の手がふっと力を失い、だらりと垂れた。

怒りに滾《みなぎ》っていた幸司君の目つきが緩み、それから最初に見かけたときと同じように気力をなくして、がくりと首がうな垂れた。

鳴り続けているコール音が少しだけ大きくなったような、そんな気がした。

「ひどいからかわれかたをしている俺より先に、なんであんたが泣き出すんだよ……わかったよ、何の悪戯か知らないけれど、とりあえず電話に出さえすればいいんだな?」

諦めたような声とともに、幸司君がため息をこぼした。

その言葉に私はパァっと顔を明るくすると、ぶんぶんと何度も首を縦に振る。

「どんな仕掛けで電話を鳴らしているのか知らないが、確かに俺のことをバカにしている風には見えないし、それであんたが納得するのならもういいや」

疲れきった顔で、幸司君がどこか皮肉めいた笑みを浮かべる。

まるで子どもの悪ふざけにでも付き合うような感覚だろう。意味のわからないことを

言う面倒臭い女を適当に黙らせるべく、彼が軽い気持ちで受話器をとった瞬間——、

『幸司っ!?　幸司よねっ!!』

プレハブとはいえ壁が揺れそうなほどに反響した受話口からの女性の声に、幸司君の身体が一瞬で固まった。

受話器を握った手が遅れて震え出す。信じられないと言わんばかりに、口もわなわなと震え始めた。

『ちょっとっ！　黙ってるけど幸司よね？　電話に出られるってことは、無事なんでしょ？　倒れた家具に挟まれて怪我したりしてない？　手も足もちゃんと動くのよね？』

——その声が誰のものかなんて、考えるまでもない。

この電話をとることをひたすら願い続けた彼だけは、この電話口の相手が誰なのかを間違えたりなんかするはずがない。

『いいから返事なさい、幸司っ!?』

「……本当に、母さんなんだよね？」

母親の怒声に引っぱられるように、幸司君の喉から声が漏れ出た。

同時に、電話口の向こうから大きな大きな安堵《あんど》のため息が聞こえてくる。

『あぁ……よかったぁ、生きた心地がしないほど心配したのよ。外で遊んでばっかりいないで少しは本でも読みなさいって、こないだあなたに本棚を買ってあげたでしょ。もしあれが倒れてベッドで寝ていたあなたが潰されでもしていたらと思うと、もういてもたってもいられなくって。とにかく幸司が無事で、本当によかったわ』

幸司君の声を聞いて緊張が解けたのだろう、お母さんの声が急にぐすっと涙ぐんだ。

『ねぇ、幸司――これからお母さんが言うことを、よく聞きなさい。いいこと？　あなたは今すぐその家を出て少しでも高いところに逃げるのよ。これから津波が来るの、急いで逃げないと命が危ないの。お母さんたちもそっちに向かっているけれども、それでも間に合わないと思う。まずはあなただけでも先に逃げるのよ、いいわね？』

これまで小刻みに震えるだけだった幸司君の頬を、一筋の涙が伝った。

そしてそれが自身の身体の硬直を解く合図だったかのごとく、ゆっくりと幸司君の身体に動きが戻る。

もう彼は理解をしているはずだ。今ここで自分は言うべきことを言わなければならない、と。

「――違うんだよ、母さん」

『違わないの！　いいから今は言うことを聞いてちょうだい、幸司』

「そうじゃないんだ！　それじゃダメなんだって」

『とにかく時間がないの。まだ小学生のあなたが怖がる気持ちもわかるけど、でも今はあなただけでもその家から逃げてちょうだい！』

「だから、違うんだってばっ！　俺は父さんと母さんが命がけで迎えに来ようとしていた時には、もう言いつけを破って家で寝てたりなんかしなかったんだよっ!!」

　喉を通った、幸司君の想いが送話口に向かって爆発する。

　それから目を瞑《つむ》り、苦しい自身の胸を掻《か》き毟《むし》りながら再び叫んだ。

「俺は母さんが思っているような、素直な子どもじゃなかったんだ！　親との約束を破って勝手に家を抜け出すような、そんなくそガキだったんだ。そんな奴のことを気にかけて、あんたたちがここまで戻ってくる必要なんてないんだよ！」

『……どうしたの？　何を急に変なことを言っているの、幸司』

　受話器の向こうから、戸惑い困ったような気配が漂ってくる。

　しかしそんな母親に構うことなく、自分を責める幸司君の懺悔《ざんげ》は続く。

「母さんたちに心配をしてもらう資格なんて、俺にはないんだ。悪いのは全部、俺なんだよ。全ては俺が約束を守らなかったせいなんだ。津波が来たときだってそうだよ。俺は、学校の屋上からそれを見ていただけで動けなかった。本当は父さんと母さんが家まで心配して迎えに来る可能性もあるって気がついていたのに、でもそのことが怖くて、ただ考えないようにして逃げていただけなんだ。地震が起きたとき、きっと母さんが電話してくるから家に戻らないと、ってそう思ったんだ。でも俺は怖くてたまらなくて、それができなかった。だからさ、全部俺のせいなんだよ。

——俺のせいで、母さんも父さんもあの日に津波に流されちまったんだよっ!!」

えずきそうになるのを耐えながら絶叫した幸司君の衝撃的な言葉に、電話の向こうにいる母親が絶句したのがはっきりとわかった。

「なぁ、今のではっきりわかったろ？　だからもう俺みたいな奴を心配して、こんな電話をかけてくる必要なんてないのさ。そうじゃなくてむしろ逆でさ、母さんたちは俺をなじるべきなんだ、恨むべきなんだよ！

おまえが約束を守らなかったから父さんも母さんも死んだんだって、そう怒鳴りつけてさ、おまえが私たちを殺したんだって憎しみをぶつけるべきなんだよ。

全部が全部とも俺が悪いって、俺は——僕は、お父さんとお母さんにそう叱って欲しいんだよっ!!」

それは横で聞いているだけでも耳を塞ぎたくなるような、そんな悲痛な訴えだった。

——けれども。

『……バカねぇ、なんでそんなことで幸司を叱らなくちゃいけないのよ』

返ってきた母親からの声音には、心底からほっとした安堵の息が混じっていた。

「そんなこと、って……母さんは、何を言ってんだよ」

『そんなことは、そんなことよ。今の幸司の話で状況はわかったわ。なんか変だなって思ってたのよ。だってあなた、いつのまにか声変わりしているんだもの。

――お父さんもお母さんも、もう死んでいるのよね？』

皮肉めいた死者からのそのひと言に、喚くばかりだった幸司君も息を呑む。

「……俺みたいな、約束を守れない子どもの言うことなんて信じるのかよ」

僅かに声を震わせながら、幸司君が悪態を吐《つ》いた。

『そんなの当たり前じゃない。親が子どもの言うことを信じてあげなくちゃ、いったい誰が信じてあげるっていうのよ』

「だったら――なんで、俺を怒ろうとしないんだよっ!!

母さんも父さんも、俺のせいで津波に流されちまったんだぞっ！　あんたら死んでるんだ、俺が殺したようなもんなんだぜっ!!」

『だってねぇ……そう言えるってことは、あなたの命は助かったんでしょ？』

叫んでいた幸司君の表情が再び固まり、信じられない言葉を向けてきた受話器を絶句しながら見つめる。

『寝てなさいっていう約束を守らなかったということは、風邪が良くなってもう元気になっていたのよね？　津波が来る前に自分で歩いて安全な学校に逃げていたのなら、こうして電話している私たちの心配なんて最初から杞憂《きゆう》だったってことでしょ？　それなら、何も問題ないじゃない。風邪も治って、どっちも良かったわよ』

　あぁ、という呻きとともに、かろうじて立っていた幸司君が膝から崩れ落ちた。

「だから、違うんだ……そうじゃないんだよ。

　俺は約束を守らなかったことで、父さんと母さんを殺したも同然なんだよ。俺はそのことを二人に責めて欲しいんだよ、ちゃんと叱って欲しいんだよ」

『そう言われても……困ったわねぇ。お母さん、あなたが無事だって聞いてそれで今もう安心しちゃったもの。あなたを叱る理由なんて何にもないわ。

　――あっ、今の会話を聞いて、お父さんも「よかった」って言ってるわよ』

「全然、よくなんかねぇよ……それじゃ俺の気持ちが納得できないんだよっ！」

『そうね……きっと、あなたには悪いことをしてしまったのよね。津波が来るのがわかっていたのに、危ない方に戻るなんてことは本当はしてはいけないことなのにね。

　だから私たちのことはね、あなたをまだまだ子どもだと思って、一人で何とかできると信じてあげられなかった、私たち自身のせいよ。お父さんとお母さんがもう死んでいるのなら、それはお母さんたちの自己責任。むしろ謝らなくちゃいけないのは、お母さんたちの方だと思うわ。

　あなただけをそっちに遺してしまって、本当にごめんなさいね』

──自分が殺したと、そう思い込みたかった相手から謝られる。

それは自分を責めることにより、かろうじて自分が生きていることを許してきた彼にとっては、本当に辛いことだと思う。

しかしそれでも、私は彼のお母さんの意見に同調したかった。

今この瞬間だけは職分もなにも関係なく、生きているという理由だけで当たり前に幸司君を許してくれたお母さんに、私は「ありがとうございます」と感謝を伝えたかった。

だけど──そんなお母さんの想いにまるで納得がいっていない幸司君は、まだ新しい手首の傷を掻き毟りながら、奥歯をぎりっと噛みしめた。

「あぁ、わかったよ。母さんが俺を叱れないっていうのなら、それでもういいよ。でもさ、こっちの世界は俺にはもう辛いんだよ。こんな想いを抱えて生きていくのは、もううんざりなんだ。俺も父さんと母さんがいる、そっち側にとっとと行きたいんだよ。だからさ、俺ももう──そっちに逝ってもいいよな？」

──それはダメっ！

これまで黙って聞いていた私の口からその言葉が出るよりも早く、

『バカなこと言うんじゃないの、幸司っ‼　お母さん怒るわよっ！』

さっきまでの優しかった声なんてどこへやら、怒るわよと言っておきながら既に激怒している母親の叱責が受話口から轟いた。

これには幸司君もビクリと身体を跳ねさせ、反射的に肩を竦める。

『いいこと、そんなの絶対に許さないからね！　お母さん、何があっても認めないわよ。もしもそんな下らない理由でこっちに来たら、死んでいようとも絶対に絶縁しますから。——お父さんとお母さんが大事にしていたあなたのことを、もうちょっとだけ自分でも大事にしてあげてよ』

天井を見上げた幸司君の両目から、無言のまま涙がこぼれ出た。

心の片隅で常に自分の死を願い、そしていつかは彼岸で両親から自分の罪を罰されて贖罪《しょくざい》したいと願うばかりだった、今日までの幸司君の人生。

だけどようやく聞けた母親からの叱責は、彼が願っていたものとは真逆のものだった。

『あなたは私たちに悪いなんて感じる必要はないの、だってまだ子どもだったあなたには何の責任もありはしないもの。だからね、これからもあなたはちゃんと生きるのよ。

それでね、もう少ししたらお嫁さんをもらって、できれば墓前で孫の顔も見せてちょうだいよ。それからお父さんとお母さんみたいに二人で頑張って、それであなたたちの家も建てて、そこで子どもを育てながら暮らしていくの。でも……建てる家の場所だけは、お母さんたちよりももう少し高台にしたほうがいいかもね。

――これはお父さんとお母さんからの言いつけよ。あなたはね、生き延びたその大事な自分の人生を、しっかりと最期まで生ききりなさい』

「……なぁ、母さん。その言葉が、今の俺にとってはどれほど辛くて重いものなのか、ちゃんとわかって言ってる？」

『そんなの私の知ったことじゃないわよ。あなた、私たちに悪いと思ってるのよね？　だったら今度こそきちんと言いつけを守りなさいよ。――あぁ、ちょっと待ってね』

と、受話口からの母親の声が途切れたと思ったら、次に聞こえてきたのは低くてどっしりと構えた男性の声だった。

『父さんと母さんのことを、おまえが気にする必要はない。おまえがこれから精一杯生き続けてくれたら、それでいい』

「……父さん」

母親だけでなく父親までもが、罪悪感で縛られた幸司君のことを許す。

――生きている者が亡くなった方に想いを寄せるのは大切なことではあるが、しかしそれだけにとらわれてしまってはいけない。生き延びた者が死者に罪悪感を感じるのは心の摂理であるとしても、いつまでも後悔を引きずり続けてはいけない。

だって幸司君は、生きているのだから。

そのことを再認識しながらも、私の中の冷静な部分が時計を確認させる。

まもなく、一五時二〇分を迎えるところだった。

「ごめんなさい、そろそろ時間が……」

この先も電話を続ければ、たぶん受話口の向こう側には津波が押し寄せる。両親が呑み込まれていくあの渦巻く水の音を、幸司君には聞かせたくなかった。

私の声に反応し、幸司君が時計の針を見て目を細めた。その時刻からなんとなく意味を察してくれたようで、再び電話を代わった母親に向けて寂しそうに話しかける。

「母さん……どうやらさ、もう時間がないらしいんだ」

『あら、そう』

「それでさ……最後に一つだけ約束してくれないかな。俺、今度はちゃんと母さんの言いつけを守るからさ、これからは頑張って生きていこうと考えをあらためるからさ。だから最期までしっかりと生ききったときには、父さんと母さんの二人で俺を迎えに来てくれないかな？」

幸司君がぐじぐじと鼻を啜《すす》る。

しかしそれでも必死に歯を食い縛り、彼は今生で最後となる両親との会話を続けるべく、受話器を握り続ける。

『……バカねぇ。最期まで生ききったらって、それって寿命のことなのよ。その頃には幸司だってお爺《じい》ちゃんになってるのよ。それなのにまだ親に迎えに来て欲しいの？』

「――ああ、頼むよ」

『ほんと、しょうがない甘えん坊の息子だわ』

呆れたようなため息が受話口の向こうから聞こえてくるも、

『でも……わかった、約束する。ちゃんとお父さんと二人で、最期には幸司のことを迎えに行くわよ』

母親の声もまた、いつしか懸命になって泣くのを堪えていた。

『……その代わりに今はもういい大人なんだから、これからは風邪なんか引かずに元気でやるのよ。いいわね？』

「ああ、わかってるよ。――一応はだいぶ先になるように努力はしてみるからさ、だから約束を頼むな。それと、父さんにもよろしく」

『ええ、だいぶ先にしてくれないと困るから、しっかりとやってちょうだいね。それじゃ……またいつかね、幸司』

その別れの言葉の直後、壁にかかった時計の針が一五時二〇分を指した。

同時に、受話器から聞こえていた声がプツリと途絶える。

これまでの幸司君との会話で、彼の無事を願ったご両親の未練は晴れたはずだ。

通信線の千切られた電話からはもう何の気配も感じられず、そしておそらく二度とこの電話が鳴ることはないだろう。

もはやツーという電子音さえもしなくなった受話器を胸に抱き、幸司君の目から堰《せき》を切ったかのごとく涙が流れ出した。

もはやしゃくるのを少しも堪えようとせず、震える背中と肩を隠しもせず、幸司君がまるで子どものように五体を投げ出して泣き叫び始める。

当然ながら、この叫喚は隣のオフィスの職員さんたちにまで聞こえているだろう。

だけど誰一人として様子をうかがいに来る人はいない。

あの日を彷彿《ほうふつ》させる――不慮の災害で大切な人と死に別れてしまったことを知った人の、この悲しすぎる嗚咽《おえつ》の響きに何があったかを察してくれているのだと思う。

ある意味において、幸司君はまだ幸いなのかもしれない。

一〇年近くにわたって苦しみを抱えてきたものの、最後の最後にはこの世の条理に逆らって、亡くなった両親と別れの言葉を交わすことができたのだから。行方不明のままだった両親の死をちゃんと実感し、心の底から泣くことができているのだから。

これから彼の行く手に待ち受けているのは、間違いなく大変な人生だ。

それは被災したとかしないとかは関係ない。最期まで人生を立派に生ききるということは、どんな人間であろうとも苦難が伴う偉業なのだ。

いつでも死ねるなんて思いを心の拠《よ》り所《どころ》に今日まで生きてきた幸司君にとって、それは辛い道程だろう。

しかし生きることに挑戦し続ける限りは、いつかはそのゴールへと辿り着く。

生者と死者で分かたれてしまった世界――だけどいつか、両者は再び混じり合う。

それまでしばしの間、生者は死者が安らかであることを祈り、そして死者は生者が健やかであることを願うのだろう。

――必ずや来るであろう、その日を信じて。

「どこの神様であろうとも構いません。両親との約束通りに幸司君が最後まで頑張って人生を生ききったその暁には――どうかそのご褒美に、家族との幸せな再会を与えてあげてください」

前を向いた彼の想いが報われるよう、私はそっと手を組み密《ひそ》かに願う。

幸司君の泣き声は止まらない。

でも今だけは、このまま気の済むまで泣かせてあげたかった。

10

――その後のこと。

「全部流されてしまった、という嘆きを当時は毎日のように聞いたものですが、実際にはそうではなかったんだと、最近はそう思えるようになってきました。津波なんかでは決して流されなかった人の想いがね、まだこの土地にはちゃんと残っているんですよ」

泣くだけ泣いて落ち着いた幸司君を分室の公用車の助手席に乗せ、そのまま見送ろうとしていた私に、運転席の窓を開けた小野寺さんがそう口にした。

やや照れた面持ちで「……格好つけ過ぎましたね」とも付け加える。

素敵な言葉だとは思ったが、でも同時にその言葉に簡単に同調できる資格は私にはないとも感じた。

その言葉は実際に被災した人だけが口にしていい台詞《せりふ》だ。家財も生活の基盤も全てを失って、それでもなお立ち上がる力を持った人が「ほら、自分の意思は流されていない」と胸を張って、同郷の士を鼓舞するための言葉だ。

だから私は同調ではなく、ただただ真摯にその強さを賞賛する。

復興に意欲を燃やす小野寺さんも、艱難辛苦《かんなんしんく》が待つ生涯をこれからしっかり生き続ける決意をした幸司君も、私はどちらも心から尊敬する。

だから車の去り際に、当たり前のことを当たり前に教えてくれた二人に対して、私は感謝の意を込めて深く頭を下げた。

車が目の前を通り過ぎるとき、目を赤く腫らした幸司君が小さくだけど手を振ってくれたのが妙に嬉しかった。

——だいじょうぶ。これからどんなに辛くて苦しいことがあっても、その先であの両親が待っていると思えば、彼は今度こそ約束を守れるはずだ。もし次に会うことがあれば、きっともう手首に新しい傷跡なんてなくなっているに違いない。

「……さてと」

走り去る車を見送った私は、重いリュックを背負い直す。

とにもかくにも、これにて案件完了です。時間的に都内まで帰るのは無理なので、今夜もまた気仙沼で一泊ですかね——と、陸前階上駅に歩いて向かおうとしていたら、小野寺さん以外の職員さんが数人ばかり、ビニール袋を手に私の方にやってきた。

「あの……これまだ少しだけ時季には早いんですが、今朝穫《と》ってきた茶豆です」

差し出されたビニール袋の中にどっさり詰まっていたのは、枝豆だった。それ以外にも地場産の野菜が入った袋をいくつも、土産《みやげ》に持っていけと私に渡してくる。

——誰もの生死が紙一重であった被災地。だからこそ職員さんたちは、あの電話にあの日の自分の姿を投影し、死に別れた親子のことを心から心配していたのだろう。

このお土産はきっとあの親子を無事に再会させたことへのお礼なのだと思う。

とはいえ、私は業務として行っただけのこと。本来なら丁重にお断りするべきだ。しかしあまりに職員さんたちが嬉しそうだったので、ついありがたく頂戴してしまった。

ずっしり中身の入ったビニール袋をいくつも手に提げながら、プレハブの入り口で見送ってくれる職員さんたちに振り返って手を振り、今度こそ私は陸前階上駅へと向かう。

だいぶ日差しも柔らかくなった夕暮れ手前の頃合。まだ新しいアスファルトの道をぽてぽてと歩いていると、

「まったく……食い物であれば見境なくもらいおって」

誰からも見えない距離になってから、リュックの蓋を開けて首を出した火車先輩が、ここぞとばかりにため息をついた。

「今回ほとんど活躍していない火車先輩に言われても、ちっとも心に刺さりません」

と、痛いところを突かれたのか、珍しく火車先輩が困ったような苦笑を浮かべる。

——だけど。

今回の案件で、優秀な妖怪様ばかりが揃《そろ》った幽冥推進課が、なんで人間である私を採用したのかはっきりとわかった気がします。

怪異とは、人の世の理《ことわり》からすれば怪しく異なるモノ。

胡散臭いどころか、幽冥推進課は同じ省内ですら存在を疑われているのに、そこに喋る猫である火車先輩が表に出ていけば、そりゃ現場はパニックですわ。

特に今回は、元国民様だけでなく現役職員の方々の心の問題も絡んだ繊細な案件だったわけで、これを正面切って火車先輩が対応していくのはどうにも無理がある。

「それにしたって、私のような新人に負荷をかけ過ぎですよ」

今回の件、私が怖じけて足踏みをしたとき背中を押してくれたのは確かに火車先輩で

すが、それでも業務量的に不公平を感じてついぼやいてしまうと、

「いつまでも新人だとか、甘ったれたこと抜かすな。おまえが自分をまだまだ新人だと思っていようがな、もはやワシ以上に立派な幽冥推進課の主力だよ」

返ってきた火車先輩の声に、思わず目をパチパチとしばたたかせてしまう。

火車先輩が私を褒めるとか、こりゃまた消えちゃったりするんじゃないですかね。

なんだか急に怖くなり、足を止めて背負った火車先輩の方に振り向くと、即座にプイと目を逸《そ》らされた。毛の生えていない耳の中が、ほんのり赤くなっている。

いや……人のことを勝手に褒めておいてそんな反応をされると、むしろ私のほうが恥ずかしくなるんですけど。

なんと返せばいいのやら——と、困惑していたら、いいタイミングで私の携帯電話がピリリと鳴り、辻神課長からの着信を伝えてくれた。

「あ、はい。朝霧です」

『おつかれさまです、朝霧さん。送ってくださったメールでの速報を確認しましたよ。無事に今回の案件も解決してくださったようですね』

「現地の方々にいろいろと助けていただいたおかげで、なんとか今回の地縛霊様にも幽冥界までご移転いただけました。これでもうあの分室に、未練を訴える電話がかかってくることはないはずです」

『そうですか、それはなによりです。——では朝霧さん、ここからは私の提案です』

「……提案、ですか」

案件解決の労《ねぎら》いの電話かと思いきや、いきなり出てきたお堅い響きの言葉に自然と気持ちがかまえてしまう。

『ええ、そうです。私が提案したいのは、朝霧さんの夏季休暇の日程に関してです』

「へっ？」

『どうでしょう？　私の権限で認めますから、明日の土曜から週明けの三日間を繋げて取得してはいかがですか？

本日の定時まではまだ勤務時間内ですけれども、その後は勤務外です。今予約してあるホテルにそのまま泊まっていただいてもいいですし、百々目鬼と連絡してキャンセルしてもらってご実家に向かわれるのも朝霧さんの自由ですよ。気仙沼にまで行かれていたら、もう都内に戻ってくるよりもご実家までの方が近いですよね？』

——私の実家は秋田県。つまり東京〜秋田間と、宮城〜秋田間の違いです。どちらの交通費がお安いかなんて調べるまでもありません。

「い、いいんですかっ!?　そんなの？」

『ですから私の権限で認めるって、さっき申したじゃないですか』

「あ、ありがとうございますっ！　これで実家から都内に戻ってからも、もやしだけであろうとちゃんと晩ごはんが食べられそうですっ！」

もやしだけの晩ごはんは、はたしてちゃんとしておるのか？　――そんな疑問の声が背負った火車先輩から出てきますも、今はそんなの無視です。

『なら決まりですね。それでは、どうか良い休日を過ごしてください』

妖怪なんだけど仏みたいな辻神課長のご尊顔を観想しつつ、通話の切れたスマホを道端に置いてその場で両手を合わせ拝んでみる。

そんな様に苦笑しながらも、なんだかんだと火車先輩が温かい目を向けてくれた。

「まぁ、せっかくの夏季休暇だ。ゆっくりと骨休めをしてくるといいさ」

「はい！」

いやはや、火車先輩のお許しまで出ちゃいましたよ。

とまあそんなわけで、明日からは社会人も学生もみんなが大好き、夏休みです！

二章

夕霞の里帰り

1

カーテンの隙間から入り込む夏の強い日差しが、閉じた瞼《まぶた》越しに眼球を刺激する。

寝ていた私はうなされるように「むぅ」と唸《うな》って、布団の上で身をよじった瞬間、

「おおぅっ！　遅刻だぁっ!!」

毛布を蹴り上げて、ガバリと半身を起こした。

「なんで、アラーム鳴らないのっ!?」

涙目で枕元のスマホに手を伸ばし――そこで、懐かしい部屋の光景に気がついた。

状況を思い出した私は、日差しで溶けたアイスのごとく布団の上にへにゃりと崩れる。

――そうでした。ここは実家、今は夏休みなんでした。

昨日の夕方、気仙沼駅で火車先輩と別れた私はまずは電車で盛岡《もりおか》に向かったのですが、さすがは全国二位の面積を誇る岩手県。隣の宮城県の気仙沼から盛岡に着くまで実に三時間かかりました。ちなみに盛岡に入った段階で早くも私の地元方面に向かう電車は終わっていたので、盛岡からは高速路線バスに乗り換えです。

それでもってさらに二時間、ようやく私の故郷である秋田県鹿角市に到着です。着いた段階で既に時刻は夜の一〇時過ぎ、おまけに悲しいのは同じ市内ではあるものの、高速路線バスが停車したこの駅は私の実家の最寄り駅じゃありません。とうに終電も終わっている田舎町《いなかまち》の駅前にタクシーなんぞ停《と》まっているわけもなく、やむなく私はキャリーケースを引きずりながら夜の田舎道をひいこらと歩き続け、それでやっとこ見えてきました懐かしい私の生家。

いまだに鍵をかける文化を知らない引き戸の玄関をガラリと開け、「ただいま」と言うなり力尽きて玄関に倒れ込むと、真夜中である一一時過ぎの来訪者にびっくりして飛び起きてきたお母さんから、めっさ怒られました。

「あなたという人は……帰ってくるときには事前に日にちを連絡なさいって、あれほど言っておいたじゃないですかっ!!」

いやいや、出張先でもって急に私の夏季休暇の日程が決まったものでして、というかそれ以前に予算的に帰れるかどうかがすでに怪しくて——なんて言い訳をどれだけしようとも、まったくもって聞く耳持ってくれないのがうちの母ですよ。

「おまけに夕霞さんが手土産《てみやげ》として持ってきたものが、どれもこれもうちの畑で作っている野菜ばかりというのはどういう了見ですかっ！　あなたは父親の仕事に喧嘩《けんか》を売っているんですかっ!?」

──いや、これも説明したんですよ。去り際に第三管理分室の方々が持たせてくださった、気仙沼産のおいしそうな穫《と》れたて野菜。あのときは私の生活食材にしようとホクホクでいただいたのですが、よもやビニール袋を片手にそのまま実家帰りすることになろうとは思いもしませんでして。さすがに実家で過ごしてから都内にまで持っていけるほどは日持ちしないため「これ使って」と渡したところ──以下同文。

ちなみに怒りながらも、娘に対する敬語が崩れないお母さん。昔はよく、娘に敬語だなんて、と周りから不思議がられたりもしていましたが、私は子どもの頃からだったので慣れています。この母親は真面目《まじめ》で融通も利かずにお堅いせいか、人と話すときには敬語でない方が珍しく、たまにお父さんとの会話で敬語がなくなるときもありますが、そんなとき私はむちゃくちゃ違和感を感じるのです。

とにもかくにも電撃的な私の里帰りに、雷を落とす形で対抗してきたお母さんが少し落ち着く頃には、なんだかんだと時計の針は零時を回っていました。

ぶりぶり言いながらお母さんが自分の部屋に戻るなり、私は素早くお風呂に飛び込む。ちょっとだけぬるいですがまあ夏ですし、何よりも久しぶりの実家のお風呂は湯船で手足が伸ばせるので、それだけで極楽ですよ。

お風呂から上がると疲れがどっと出てきまして、こりゃもう寝ようとふらふらする身体《からだ》で階段を上がりかつての自分の部屋に入ると──そこは、我が妹である夜露《よつゆ》の物置部屋になっていました。

かつての私の城に、妹の古着や古本なんかが詰まったダンボールが山と積まれているのを見て「納得いかん！」とは思うものの、しかし身体はおねむモード。

文句を言うのは明日にするかと、押し入れから懐かしい布団を出してダンボールの隙間に敷き、同じ押し入れにあった昔着ていたTシャツに着替えると、すぐさま意識が遠のいて——気がつけばもう、日が昇ったこの時間です。

「しゃーない、起きますか」

あんまりぐーたらしていると、いつまたお母さんが部屋に押し入ってきて説教を始めてくるのかと気が気じゃないのです。

もっと横になっていたい気持ちを押し殺し、私は気分を切り替えるために四《よ》つん這《ば》いの姿勢で窓に向かって手を伸ばすとシャッとカーテンを開けた。

部屋がさっと明るくなるも、しかし私のテンションは一瞬でだだ下がりしてしまう。

「……あぁ、そうでした」

数年ぶりに目にした、かつての自分の部屋からの外の景色。

この窓から見えるこの景色が、私は大嫌いだったんでした。

窓の外に広がる光景は一面の田んぼ。窓からぐっと身を乗り出して左を見ても田んぼ、右を見たらところどころに僅かに畑。

この実家の周りは十軒弱の家が集まった小さな集落になっているものの、この窓からだと角度的に他の家は見えない。見えるのは田んぼと畑、それからその区切りとなっている林と、その全てを遠くから取り囲む山だけだった。

あの山が、子どもだったころの私の世界の終わりだった。

歩くか自転車しか移動の選択肢がない子どもの私にとって、視界の中に常に聳《そび》えるあの山々は実質的な世界の果てでした。

あの山より手前には田んぼと畑と林しかない。あの山の向こうにまで私は行けない。

その無力感を、当時の私は子どもながらに泣きそうなほど切なく感じていた。

その想《おも》いは電車通学をする高校生になっても心の片隅で燻《くすぶ》り続け、そのたまらない閉塞感から抜け出すべく、私は都内の大学を受験することを決意したんだっけ。

そんな想いが一瞬で蘇《よみがえ》った私は、手を伸ばしたままの姿で再び布団に沈み込む。

「……まぁ、いっか。夏休みだし、出勤しなくていいし、就業中に自分は寝てるくせに人の出勤時間には目くじら立てる怖い先輩にも怒られなくて済むし」

どこぞの毛玉先輩に聞かれたらシャーと威嚇されそうな発言とともに、うとうと微睡《まどろ》み始めたところ——トントントン、と階段を小刻みに上がってくる足音が聞こえてきた。

うるさいなぁ——そう思った直後、ノックなしで部屋のドアがガチャリと開いた。

開いたドアの隙間から覗《のぞ》いてきたのは、さらりとしたセミロングの黒髪に、私とどこか似つつも、私よりももっと目を大きくして鼻も高くした顔。

「お姉ちゃん、早く起きて。お母さん、怒ってるよ」

姉を姉とも思わぬ、私の天敵たる妹——夜露でした。

数年会わなかった間にしっかり眉の手入れもできるようになったらしく、小洒落《こじゃれ》感に磨きがかかっていますよ。おまけに今着ているのは私も通っていた高校のブレザーでして……ほんと若いって、無敵ですよね。

しかし、そんなことはさておいて。

「うん、わかった。それなら私の代わりに、夜露が怒られといてよ」

そう言って再び枕の上に後頭部を預けて目を閉じるも、

「そんなこと言ってると、次は直接お母さんがこの部屋に乗り込んでくるよ」

瞬間、私の両目がパチリと開き、ピンと音がする勢いで直角に上半身をもたげた。

「五分で降りるから、それまでお母さんを引き留めといてください」

「んじゃ、待ってる」

言うなりバタンとドアが閉じ、さっきとは逆で軽快な足音が遠ざかっていった。

う〜ん、さすがは我が妹。悔しいけど姉の扱いをよくわかっておいでです。

怖いお母さんが来る前にやむなく起き上がった私は、着替えを探して押し入れの中を漁《あさ》る。ちなみに出張先から来たせいで、キャリーケースに詰まった私の服は下着とブラウスばかり。実家に帰ってまで仕事着じゃ休まるものも休まらないので他に着られるものを探しているのですが——出てきたのはくたくたになったハーフパンツでした。

……あったな、こんなの。

少々毛玉が気になりますが、でも外に出る予定はないし背に腹はかえられないしと、やむなくゴムがヨレヨレになったパンツに足を通す。

なんといいますか、小綺麗《こぎれい》さがにじみ出始めて色気づいてきている夜霧と、同じ屋根の下でこんな格好をしているだけでも何やら敗北感を感じてしまいそうですが、ないものはないのだからいたしかたない。

上はよれよれのTシャツに下はくたくたのハーフパンツ、我ながら部屋着にしたっていかがなものかと思う格好で部屋を出ると、裸足《はだし》でペタペタと板張りの階段を降りる。

一階に行って角の生えたお母さんがいるだろう居間へと行けば、しかしそこにいたのはスクールバッグの中身をチェックする夜霧だけでした。

「あれ？　お母さんは？」

「いるわけないじゃん、もう八時半だよ。だいぶ前に農協に仕事に行ったよ」

その言葉に、ピシリと私の表情が固まった。

「いやいや、だって今日は土曜日だよね？」

「最近は荷受けがあるからって、お母さんは土曜日の出勤も多いんだよ。そんなことも知らないの？」

「……知るわけないでしょうが、一緒に住んでいないんだから」

というか、そもそもそれ以前の問題として、

「それじゃさっきのお母さんが怒ってる、って話はなによ？」

「はぁ？　そんなの嘘《うそ》に決まってるじゃん」

悪びれもせずにしれっと言いやがりましたよ、この妹は。

「お母さんがお姉ちゃんに帰ってくる日程をしつこく訊《き》いてたのって、自分の夏季休暇の日程を決めるためだよ。それを昨日の夜に連絡もなしに帰ってきてさ、いくら休日出勤といったって今日の今日じゃお母さんも休めないでしょうよ」

きまりの悪いところを突かれて「うっ」と声を詰まらせる私をよそに、夜露が「あはは」と軽い笑いを付け足した。

「それじゃ私は部活に行くから。お父さんもたぶん夕方までは畑から戻ってこないと思うんで留守番よろしくね、お姉ちゃん」

そのままカバンを小脇に抱え、夜露がさっそうと玄関に向かって走っていく。

「いや、そんなこと急に言われても――って、ちょっと待って、夜露っ！」

と声を荒らげてみるも、返ってきたのは「ガラガラ、ピシャン！」という玄関の戸が閉まる音だけだった。あとは開け放したままの縁側から、ジージーというやかましい蟬《せみ》

の声が聞こえてくるばかり。

私は脱力しながら居間の畳の上にぺたんと座ると、やや途方に暮れながら大きなため息を吐《つ》いた。

いやはや、なんと申しますか――まぁ、夏休みですなぁ。

2

「はぁ…………だるっ」

誰もいない居間の畳の上に大の字で寝転がり、Tシャツのお腹《なか》をまくってかゆかったおへその周りをボリボリと掻《か》き毟《むし》る。

お父さんは畑に、お母さんは農協に、妹は高校へ青春を謳歌《おうか》しに出掛け――何もすることのない私は家で思いっきり怠惰を貪《むさぼ》っていましたとさ、めでたしめでたし。

ちなみに台所に行ったら食卓の上に焼いた鮭《さけ》の切り身が置かれていたので、炊飯器に残っていたごはんでがっつり朝飯もいただきました。タダ飯、ほんとにありがたい。

ごはんが据え膳で出てくる上にこうしてぐうたら横になれるなら、もうこの家の子にでもなっちゃおうかなぁ――なんて思うものの残念、私は元からこの家の子でした。

そういえば――火車先輩は無事に都内に戻れたのでしょうか。

実家に帰省することにした私が気仙沼から北上したのに対し、火車先輩は新橋分庁舎に向かって南下。気になって駅での別れ際に「どうやってここから都内まで戻るんですか？」と訊いてみたところ「子どもじゃあるまいし、どうとでもするわ。いらん心配せず、おまえは夏休みを満喫してこい」と一蹴されました。

外見上はむっちりお腹のデブ猫でも、一応は室町時代にはもう語られていたらしい、生年不詳の妖怪様。子ども扱いというか、もはや認知症の概念すら飛び越えた御年なので「どうとでもする」と言うからには、自分で何とかするのでしょう。

まあ要らん心配はさておいて、暇を持て余した私はテーブルの上にあったリモコンを手にし、なんとなくテレビの電源をＯＮにする。

私が家を出るまで居間のテレビは二〇インチのプラズマだったのに、いつのまにか五〇インチの４Ｋテレビになってますよ。家電ってのはなんでこう田舎の方から最新式になっていくのか。私に口だしする権利はもうありませんが、小さな頃から馴染《なじ》んだ居間の光景がいきなり変わっていると、どうにも違和感が半端ないのです。

そんなテレビ様が黒い大きな液晶をパッと明るくさせて、私の顔よりも大きな芸能人の顔を高精細で映し出した。

明るくさせて――とは申しましたが、まあそれは比喩であって、実のところテレビに映った映像は薄暗い。正確には芸能人の顔に下から当てたブラックライトと、おどろおどろしい音楽で雰囲気がどんよりどよどよ——もっと具体的に言えば、テレビが映したのは、この時期には定番の怖いお話の最中でした。

『——それで、マネージャーさんが用意してくれた旅館の部屋に入ったら、なんとなく薄気味悪くて背中が寒くなるんですよ。隣の襖《ふすま》越《ご》しの部屋がどうにも気になりまして、誰かに見られているというか……誰かがいる気配がして仕方がないんです。実際にその夜、寝ていたらですね、隣の部屋から着物の裾が畳に擦れるような音が』

瞬間、電光石火の勢いで上半身を起こした私はリモコンをつかむと、流れるような動作でもってテレビの電源を切った。

……あ、危なかったぁ。

私のアパートと違って、今はこの広い家に一人きり。実家とはいえ、むしろ寂しい田舎の静かな家だからこそ、怖い話とかほんと勘弁してくださいよぉ。

とはいえ、一度意識してしまったらもうアウト。コチコチという時計の音が大きく耳の中に残り始め、昼間とはいえ部屋の隅の暗がりがやたらと気になり出してしまう。

「……あ、あはは っ。お化けなんか、実際にいるわけないじゃんねぇ」

湧き出した恐怖心を紛らわすべく口にしてみたものの、普段の仕事を考えれば「だいじょうぶか、私？」と自らの正気を疑いたくなるような台詞《せりふ》です。

しかし自分に言い聞かせたそんな自爆発言なんぞ何の意味もなく、一度気になり始めた広い家特有のしんとした空気が、私の肌にねっとりとまとわりつきだす。

特に気になるのは――仏間。

奇《く》しくもさっきのテレビの怪談と似たシチュエーションで、今いる居間と仏間とは襖で隔てられただけであり、その向こう側にどうにも何者かの気配を感じてしまう。

仏間との襖が一箇所だけズレていて、半分ほど開いているのにふと気がついた。

いつのまに……と思うも、たぶんこれまで気にしていなかっただけで、最初からそうだったに違いない。でも今の私は、もうその隙間が気になってしょうがなかった。

仏間から浸《し》み出してくる暗がりが、私が無防備に横になっている居間にまで流れ込んできて充満していく――そんな想像が脳裏をよぎり、私はぶるりと身を震わせてからやむなく立ち上がった。

襖をぴったり閉じようと近づいて手を伸ばし――それで、気がついてしまった。

仏間の隅に置かれた、黒い漆《うるし》がぐっと周囲の闇を深めているような仏壇の前に、背中を丸めた白い人影が座ってじっと私の方を見ていたのだ。

一瞬で、私の顔が凍りつく。

その人影は私と目が合った途端、にやりと歪《ゆが》めた口を開き――、

「おや、夕霞。あんた、ひょっとして私のことが視《み》えてるのかい？」

――えっと、ご紹介します。

ただいま仏壇の前にいるのは、高校生のときに亡くなりました私の祖母です。

3

人気《ひとけ》のない夜道を家に向かって急いでいると、誰かが後ろからぴったりついてくる。街灯もない田舎道では振り返っても暗がりで姿は見えず、でもひたすら追ってくる足音に怖くなり、最後は走って家の中に飛び込んだら――なんてことはない、誰あろう隣に住んでいるおばちゃんでした。

といったことはまあ、ままあるものでして。

帰省した実家の仏間に霊がいたので震え上がってみたら、それは単に亡くなっただけのお祖母《ばあ》ちゃんでした――という展開に、思わず安堵《あんど》のため息を漏らしてしまう。

……このロジックが何かおかしい自覚はあるのですが、それでも見知った顔で安心するのは人として当然な気もしますから、そこはあえて気にしないことにします。

とにかく。

「お、お祖母ちゃんっ!? どうしたの、こんなところで」

閉じようとしていた襖を逆にスパンと開け放って、実に七年ぶりの再会となるお祖母ちゃんの前に駆け寄り正座する。

余談ですが朝霧家は女系でして、このお祖母ちゃんはお父さんではなくお母さん側の母親。お祖母ちゃんも婿をもらっていれば、私のお父さんも婿養子なのです。

つまり私が生まれるずっと前からお祖母ちゃんはこの家に住んでいて、小さかったころの私はむしろ、農協で事務の仕事をしているお母さんよりもお祖母ちゃんと過ごしていた時間の方が長かったぐらいなのです。

そんな育ての親にも等しいお祖母ちゃんの霊が、私の目の前にいます。

ついでに言うと、今はお盆の期間。仏壇にはお母さんが用意したであろう、マコモの莫蓙《ござ》の上にいろんなお供えものが載ったご先祖様をお迎えする精霊棚《しょうりょうだな》と、その横には小さな食器類に盛られた施餓鬼棚《せがきだな》まである。

勢い余って「どうしたの」とは訊いたものの、よく考えれば時期が時期ですよ。私と違って電車じゃなく、割り箸が刺さった胡瓜《きゅうり》に乗って帰ってきたのかな、と思ったりもしたのですが、

「こんなところで、とか今さら言われてもねぇ。あたしは病院で死んだその日から、ずっとここにいたよ。朝顔《あさがお》も夕霞もどれだけ呼びかけても、ちっとも気がつかないんだから。まったく不義理な娘と孫だねぇ」

「――はい？」

予想外だったお祖母ちゃんの答えに、つい間の抜けた声を返してしまった。

どうやらお祖母ちゃんは亡くなってからずっとここで地縛霊《じばくれい》をしていたのに、まだ幽冥推進課に採用されていなかった当時の私はその存在に気がつけていなかったようです。

『視えなかったモノが視えるようになったということは、おまえもそれなりには成長しておるということだ。霊能手当をもらっているからには、これからも精進せいよ』

と、ここに居もしない先輩様の偉そうな声が頭の中で聞こえましたが――まあ、結果的にはそういうことなのでしょう。

ちなみに私と同列に語られた〝朝顔〟ですが、これ実は私のお母さんの名前です。

――朝霧朝顔。

いや、なんというか凄《すご》い名前だと思うんですよね。この名前をつけた人の顔が見てみたいと聞くたびに思うのですが、その名付け人がすぐ目の前にいました。

「ほんと薄情だよ。そもそも夕霞にいたっては東京に行ったきり、あたしの七回忌のときにも帰って来やしない。まったく、あんたの親の顔が見てみたいもんだね」

「……それ、お祖母ちゃんの娘だからね」

思考回路がそっくりなところが「血縁だなぁ」なんて感じたりもしまして。

「とはいっても、今どき法事なんぞはしてもらえるだけありがたいから、別に気にしちゃいないんだけどね――冗談だよ、夕霞」

ふふんと得意げに言ってから、してやったりと胸を反らして口元をほころばす。

ご高齢の方がご自分の葬式ネタでブラックな笑いをとろうとすることがありますが、よもや亡くなった身内に自分の法要ネタをかまされる日が来ようとは——笑えないどころか、胃と心臓に悪いだけなので是非ともこれきりにしていただきたい。

「昔からよく言ってたろ、あんたの人生はあんたのものだから好きになさい、って。法事に帰って来なかったことぐらい気にもしないよ。まあちょっとだけ気になるのはこの家の跡継ぎだけど、その辺はどうやら夜露がうまくやってくれそうだしねぇ。

知ってるかい？　夜露はたまにボーイフレンドをこの家に連れてくるんだよ」

しばしその意味がわからず、たっぷり三秒ほど固まってから、

「——えええええっ!?」

と、私は障子が破れそうなほどの勢いの雄叫《おたけ》びをあげてしまった。

平成も終わったこの時代にボーイフレンドなんて単語を聞いたのも衝撃的ですが、当然ながらそれ以上に驚愕《きようがく》的なのはその内容です。

「それって、夜露に彼氏がいるってこと？　そんな話、誰からも聞いてないんだけど」

「やっぱりかい……あの子は夕霞と違って要領がいいからね。ちゃんと朝顔が家にいないときを狙って連れてくるんだよ。知らないなら、まだ内緒にしておいてあげなよ」

ちょっとだけ「実はお父さんでした、てへっ」なんて、いい加減にキレたくなるお祖母ちゃんジョークを期待したのですが、こちらはどうもマジのようです。

つい最近まで洟《はな》を垂らしていた気がする夜露に彼氏とか、彼氏いない歴＝年齢な私の姉としての尊厳が木っ端微塵《こぱみじん》ですよ。これからは夜露さんと呼んでしまいそうです。とまあ多少の波風あれど、こうしてお祖母ちゃんとの懐かしい会話を楽しんでいる自分を——私は、正直ズルいなと感じていた。

お祖母ちゃんが亡くなったとき、私は高校生だったけど夜露はまだ小学生だった。私がちょっとやそっと意地悪しても当時から五倍返しが常だったあの夜露が、お祖母ちゃんが亡くなったときには聞くに堪《た》えないほど泣きじゃくったのだ。

夜露だけじゃない。亡くなる数年前から入院暮らしだったので覚悟はできていたはずだろうに、それでもお祖母ちゃんが息を引き取った日はあのお母さんも人目を憚《はばか》らずに泣き叫び、婿であるお父さんですら人目につかないところで密《ひそ》かに涙していた。

そんな風にして家族と今生の別れをしたはずのお祖母ちゃんと、しかし私だけは今こうして普通に話をしている。

本来なら留《とど》まるべきではない現世に、心残りがあって滞在してしまっている地縛霊。これまでは身内ではなかったからそう感じなかったけれど、やっぱり彼らと心を通わせることは一種理不尽であり、不自然でもあり、そしてある意味では生というものに対する冒瀆《ぼうとく》でもあるのだろうなと、そう感じずにはいられなかった。

瞑目《めいもく》しながら少しだけ心の中を整理してから、私はゆっくりと瞼を開く。

「――ねぇ、お祖母ちゃん。お祖母ちゃんはさ、いったいどんな未練を抱いて、いまだにこの世に残っているの？」

　これまでとは雰囲気の違う私の声音に、お祖母ちゃんの目がすっと細まった。

「実は私ね、いま国土交通省の幽冥推進課ってところで働いているの。臨時職員だけどね、これでも公務員なんだよ。それでその具体的な仕事というのが、国土を不法占拠する地縛霊との立《た》ち退《の》き交渉なんだ。こう見えても亡くなった人の未練を叶《かな》えるプロなの。だから安心して私に、お祖母ちゃんがこの世に遺《のこ》してしまった最期の願いを教えてくれないかな。きっとなんとかしてみせるから」

　ここは実家の仏間であり、お祖母ちゃんがずっと住み続けていた家であり、うちの私有地であるから健全なる国土保全という点においては何の不都合もありはしない。

　だけど業務でないからといって、それで地縛霊になっているお祖母ちゃんを放っておけるわけがない。地縛霊とは叶わぬ未練を抱えて、時を止めてしまった悲しい存在だ。尽きることのない葛藤の中で、もがき続ける存在だ。

　ゆえに私は、お祖母ちゃんに問う。

「家の仏壇の前で地縛霊になるほど、お祖母ちゃんは何が心残りだったの？　この場所にどんな未練を遺してしまったの？　――それを、私に教えて欲しいの」

　再びの問いにお祖母ちゃんは何かを言いたそうにしながらも、しかし目を閉ざす。

「……長いこと見ていなかったうちに、夕霞も立派になったねぇ」

少しだけ感慨深そうに、でも再び開いたその目には刺すような鋭さがあった。

「けれど悪いが、夕霞に私の未練は言えないよ」

圧の込められたその口調に、ちょっとだけ息を呑《の》んでしまった。

「そんな……どうして？　私はお祖母ちゃんのために言っているんだよ？　それなのに、お祖母ちゃんの未練っていうのは、孫の私にさえ言えないわけ？」

「逆だよ、夕霞」

「えっ？」

「家族であるからこそ言えない、言わないほうがいい想いってのもあるだろ？　末期《まつご》に私が遺してしまった想いというのは、そういう類いのものなんだ」

……まあ、確かにそれはその通りだとは思う。

つまり生前からお祖母ちゃんは私を含めた家族には言いたくない何かしらの想いを抱えていたわけで、それは確かに墓の中にまで持っていったはずなのに、ジレンマなのかなおその想いが未練となって、お祖母ちゃんは地縛霊となってこの世に遺り続けてしまっているということだろう。

同じ屋根の下で暮らすからこそ言わないほうがいい、ということは確かに存在する。

でもそれが死んでも死にきれない未練にまでなるのは、どうにも穏やかじゃない。

探ったほうがいいのか、詮索しないほうがいいのか……だけど、どんな想いでこの仏間に縛られているのかを知らない限り、幽冥界にまでご案内のしようはない。

気がつけば口を引き結んで難しい顔をしていた私に、お祖母ちゃんは子どものころにわがままを言う度に見せてくれた優しげな苦笑いを、浮かべていた。

「まったく、孫にそんな顔をされたら、いくら言えない想いであっても突き放せないでしょうが……。ほんとに昔から言い出したらきかない子だよ、おまえは。

——夕霞、仏壇の後ろに手を入れてごらん」

「仏壇の後ろ？」

お祖母ちゃんの言葉を鸚鵡返《おうむがえ》しにしながら、意味もわからず手を伸ばしてみる。

部屋の隅ということもあって今まで気にもしていなかったのだけど、仏壇とその背面の漆喰《しっくい》の壁との間には、私の腕がするりと入るぐらいの隙間があった。

ホコリのぐらいしかなさそうなこんなところに何が、と思いつつも手を入れてまさぐってみると、私の指先に何かがコツンと当たった。指先でつまんでそーっと引き抜いてみれば、仏壇の裏から出てきたそれは、少し黄ばんだ封筒だった。

「その手紙を渡せなかったことが、この世に遺してしまった私の未練なんだよ」

宛先の書かれていない封がされた封筒には厚みがあり、どうも中には便せんが入っているようだった。いくらなんでもこの中身が白紙ということはないだろう。

お祖母ちゃんの未練の手紙――さっきの話と合わせれば、つまりこの手紙に綴《つづ》られているのは決して家族にも言えない想いということになる。

なんだろう……この中身を読めば何かが変わってしまうような、私の知っている優しいお祖母ちゃんがお祖母ちゃんでなくなってしまうような、そんな怖さをふと感じた。

「確かに私の未練は気になるだろうけれども、それでも人の手紙の内容を知ろうとするような、そんな無粋な真似《まね》は家族でもすべきじゃないとは思わないかい？」

お祖母ちゃんの言い分に「うっ」と口ごもる。

しかし、私だって簡単には退けない。

「でもね、こんなところに宛先も書いていない手紙を入れていたって、誰にも届かないよ。お祖母ちゃんは、この手紙を渡せなかったことが未練なんだよね？　だったら中身は見ないまま届けるから、誰に宛てたものなのかを教えてよ」

「その必要はないよ。その手紙は伝えるべきか伝えざるべきかをずっと悩んで迷って、その末に結局は渡せなかった手紙なんだ。だからそのままそこに置いておけばいい」

「だけど」

「その手紙は人に受け渡しを頼むような、おおっぴらにすべき手紙じゃない――そう言っているのが、まだ夕霞にはわからないのかい」

ぴしゃりと言い放たれて、思わず二の句が継げなくなってしまう。

目の前にいるこの地縛霊は私の祖母だ。夕暮れになると急に寂しくなって泣き出す小さかった私を、曲がった腰でもって背負い散歩しながら童謡を歌って慰めてくれた、私の大切なお祖母ちゃんだ。小さかった頃の私は、たぶんお母さんよりもお祖母ちゃんの方にむしろ懐いていたような気もする。

そんなお祖母ちゃんが、これ以上はもう詮索するなと私を拒絶する。いつだって私を受け入れてくれたお祖母ちゃんに否定されたようで、正直なところショックだった。

お祖母ちゃんが自分で言っていたように、家族でも打ち明けがたい想いが存在しているのは理解できる。だからこれ以上このことには触れたくはないのだけれども、でも問題なのはそれが今生の未練になってしまっていることだ。

手紙の宛先が誰なのかを聞いて届けてあげなければ、お祖母ちゃんはいつまでも地縛霊となってこの地に縛りつけられてしまうだろう。

やっぱりちゃんと話をしないと――そう思って、もう一度お祖母ちゃんに向き直ろうとしたところ、玄関のほうからガラガラと引き戸の開く音がした。

「夕霞さんっ！　もうさすがに起きているんでしょ、夕霞さんっ！」

続いて聞こえてきたのは、農協に仕事に行っていたはずのお母さんの声だった。

そのままドスドスと廊下を歩いてくる音まで聞こえてきて、

「夕霞さんっ！　――あぁ、そこにいたんですね。なら返事ぐらいなさい」

スーツ姿のお母さんが居間に入ってくるなり、襖を開けたまま仏間にいる私を見つけ、ハンドバッグを畳の床に置いた。

私はまったく予期していなかったお母さんの襲来に思わず緊張し、お母さんには視えないお祖母ちゃんの横で並ぶように正座してしまう。

「……なんですか、急にそんなにかしこまって」

「いや、別に。――というか、お母さんは今日は仕事じゃなかったの？」

「そんなもの、夕霞さんと話をするために早退してきたに決まっているじゃないですか。何を言っているんですか、あなたは」

「……はい？」

要するに、私と話をするために休日出勤の途中で帰ってきた、と。

どちらかというと、何を言っているのかというのは、お母さんの方だと思いますが。

4

お母さんがお茶を啜《すす》るズズっという音が、やたら大きく私の耳の中に残る。

怪談を聞いた直後にも響いていた普段なら気にならない時計のカチコチ音も、うっとうしいぐらいによく聞こえていた。

ただの実家の居間なのに、どんどんと充満していく緊張感――なんでそんな不穏なものが漂っているのかといえば、もちろんその原因はお母さんですよ。

話があるからと早退してきたお母さんですが、着替えを終えて居間に戻ってくるなり座卓のそばに座って、そのまま眉間に皺《しわ》を寄せたままでだんまりです。

ちなみに「話がある」なんてお母さんが言うときは間違いなくお説教なので、既に腹をくくった私はお母さんの対面で正座待機しています。

にもかかわらず、お母さんは自分で煎《い》れたお茶を飲みつつちらちらと私の表情をうかがってくるばかりで、いつまでたっても肝心な話とやらがおっぱじまりません。

かといって下手《へた》に私からつつけば、鬼と蛇が同時に襲いかかってくるような大惨事になるのはほぼ確実でして……もういい加減に介錯《かいしゃく》してください。

そんな脂汗だらだらな緊張状態の中、お母さんの顔を見ていたらふと気がつきました。

――白髪、増えたなぁ。

子どもの頃の記憶では真っ黒だったお母さんの髪が、今は茶色い。生え際にぱらぱらと白い部分があるのを見れば、染めているのが白髪隠しのためなのは訊くまでもない。

ちなみにお母さんの顔ですが実のところ私とかなりそっくりでして、赤い縁の眼鏡《めがね》を外せば、そのまんま二〇年後の鏡を見ているような気分になります。高校生ぐらいまではそれが気になって仕方がなかったりもしたもんですが、私だって歳《とし》をとれば丸くなるわけで、今となってはこの人と私は確実に親子なんだな、ぐらいにしか感じません。

ただ許せないのは、相変わらずのその私服のセンスのなさですよ。普段仕事に行くときはパリッとしたスーツ姿なので気にはならないのですが、なんで家に帰ってくるなりタイトスカートから即座にジャージのズボンに着替えますかね。しかも今着ているTシャツの胸に大きく書かれているのは『不労所得っ！』という四字熟語で——どこで売っているんだろうそんなの、という疑問と、あんた働いているんじゃないの、という疑問が一緒くたになって浮かんできて、もう意味がわかりません。

まあ顔だけは正面のお母さんに向きながら、そんなことをぼんやり考えていたら、

「ゆ、夕霞さんっ!!」

いきなり大声で名前を呼ばれて背筋に物差しでも突っ込まれたかのごとく、丸まっていた背骨がピンと伸びた。

そんな大仰な私の反応になぜかお母さんも驚いたらしく、びくりと肩を跳ねさせる。

「な、なんですか……そんな、いきなりしゃっきりとして」

いや、もったいぶっていつまでも説教を始めないお母さんが、急に私の名前を叫ぶからですよ。……とはいえ、延々とこの状態では私の気持ちがもたない。ここはもう思い切って私の方から戦端を開くことにしました。

「というかさ、仕事を早引けまでしてきたんでしょ？　そこまでして私にしなくちゃな

らないお説教があるのなら、もういっそこのままさっくりと怒って欲しいんですが」

「はぁ？　……あなたを叱りに帰ってきたなんて、いつ私が言いましたか。そんなつまらない理由で、大事な仕事を切り上げてきたりなんてしませんよ」

――へっ？

「いやいや、それじゃなんで仕事をサボってまで家に帰ってきて、そのまま何も言わずに面と向かって座ってるわけ？」

「なんですか、人聞きの悪いっ！　私は仕事をサボってなんかいません！　ちゃんと事情を説明して今日からの夏季休暇期間にしてもらっていますっ！」

ドンっと一発雷を落とされて「ほら、やっぱり叱りに帰ってきたんじゃない」と口の中だけで言いながら、身体を仰《の》け反《ぞ》らせる。

――しかし。

それきりあとは続かずに、私から目を逸《そ》らしたお母さんが気まずそうな表情を浮かべてから、への字に結んだ口でお茶を啜った。

再び訪れた沈黙、まったくもって理解不能な母親の言動に私の首が自然と横に傾く。

そんな私を横目で何度も見てから、今度はお母さんが覚悟を決めたような表情で湯飲みをドンと座卓の上に置き、おずおずと口を開いた。

「その……夕霞さんの今のお仕事というのは、確か公務員でしたよね？」

どんな文脈から、そんな話になるんでしょ？　とは思うものの訊かれて答えないわけにもいかない。

「まぁ、臨時職員だけれどもね」

瞬間、お母さんの顔がパッと華やいだ。しかしそれは幻であったかのごとく、一瞬で元の眉間にキュッと皺の寄った顔に戻る。

「そうですか。落ち着かずにいろいろと転々としていた割には、良いところに就職できたじゃないですか。――それで具体的には、どのようなお仕事をしているんです？」

「……はい？　だから、公務員だってば」

「公務員と一口でいっても、そのお仕事の内容は様々ですよね。実際のところ、夕霞さんはどのようなお仕事をして世間様のお役に立っているのかと、そう訊いたんです」

……えっと、困ったなぁ。

世間様への余計な混乱を避けるべく、幽冥推進課の業務内容には口外禁止の秘匿義務が課せられている。契約上、それは家族や身内であろうとも同じだ。

加えて、仮に正直に話したとしても「地縛霊を相手に、立ち退き業務やってます」なんて怪しさ満点なことを言えば、この堅物のお母さんのことだ、「そんないかがわしい仕事は今すぐやめなさい！」とか言いだしかねませんよ。

「いや……なんというか、人にはあまり言えない業務とでも言いますか」

「――待ちなさい！　なんですかそれは。夕霞さんがしているお仕事は人様には公言できないような、そんな仕事内容だというのですかっ⁉」

「いやいや、そうじゃなくてさ。一般的に了知されていない事実の秘匿？　まあ親であろうとも業務内容を語っちゃいけない、そういう義務があるの」

「つまり夕霞さんは、親にも話せないような仕事をしているわけですね！」

どうしてそう捉えるかなぁ……もう面倒臭いです、このお母さん。

「そうじゃなくて――いや、もうそれでいいや。とにかく臨時採用ですけど、国土交通省の一部署で、公務員として頑張ってます。以上」

「なんですか、そのおざなりな返答はっ！」

「だって契約上言えないものは言えないから、しょうがないの！」

私だって別に怒られたいわけじゃないし、言えるものなら言いたいですよ。まあ本当のことを言ったところで、信じてはもらえないでしょうけれどもね。

しかしそんな私の事情なんてお構いなく、お母さんはいつものお説教モードに突入していく。

「いいですか、夕霞さん。私が仕事の内容を訊いたのは、あれだけ転職や再就職を繰り返してきたあなたが、ちゃんと今のお仕事を勤め上げることができるかどうか、心配してのことなんですよ。まだ若いあなたにはわからないかもしれませんが、仕事というものは自分だけでするものではありません。職場の方や、他にも関係する方々にうちの娘がご迷惑をおかけしていないか、そういったことを懸念してですね——」

猛烈な勢いで始まった念仏のごときお小言を、馬に負けぬ勢いで聞き流す。

それにしても——ほんとお母さんからの信用ないなぁ、私。そんなことを思いため息をつけば、それも癪《しゃく》に障ったようでお説教がさらにヒートアップする。

やむなく耳をかっぽじりたいのを我慢してそのまま耐え続けていると、「はぁ……」と私のではない大きな大きなため息が聞こえた。

当然、さっきから捲《まく》し立《た》て続けているお母さんのものではない。そのずっと背後、私たちの方を見てなにやらげんなりとしている、お祖母ちゃんのため息だった。

「どこを見ているんですか、夕霞さんっ！」

僅かに目を逸らした途端に、座卓に手をついてお母さんが身を乗り出してくる。

いや、お祖母ちゃんが——なんて本当のことを言えない私は「あははは っ」と、乾いた笑いで誤魔化そうとするが、それがさらなる油を注いでしまう。

「あなたはどうして、そういつもいつもへらへらとはぐらかして——」

……今日のこれ、いつまで続くのかな。

そりゃお祖母ちゃんでなくてもため息ぐらい出ますがな——って、あれ。怒られているのは私なのに、なんでお祖母ちゃんがため息ついてたんでしょ？

5

永遠に続くかと思ったお母さんのお説教に終止符を打ったのは、夜露の「ただいま」という声でした。

「取り込んでいるんだったら、今日のお昼ごはんは私が作ろうか？」

お盆期間だけあって午前中で部活が終わったらしい夜露が、居間と廊下を隔てる襖の陰から制服姿のままひょっこり顔をのぞかせる。

「あっ――いや、だいじょうぶです、夜露さん。私が用意しますから」

と、夜露に言われて時計を見上げたお母さんが、「あっ」という顔をするなり、私を置き去りに台所の方へと小走りで消えた。

やっとこ解放された私が凝った肩をぐるりと回してごきごき音を立てていると、お母さんと入れ替わるように、今度は夜露が私の対面に座る。

「あのさ、お姉ちゃん。帰ってくるのは別にいいんだけど、もうちょっとお母さんと上手《うま》くやってくれないかなぁ。家の中の雰囲気を悪くされると、多感な年頃の私としてはいろいろと辛いんだよねぇ。

たまにしか帰ってこない人が、家の中を引っかき回さないでくれる？」

なんて、冷たい目で姉たる私を見下げてきます。ほんと可愛《かわい》げのない妹ですこと。

「はいはい、わかりましたよ」

とはいえお母さんが一方的に叱ってくるのだから、これはもうほとんどもらい事故のようなものだと思うのですよ。それを避けるにはお母さんとなるべく顔を合わせないようにするのが一番で、だったら家にいないようにしようかなとも一瞬思いましたが、そうなると私は何のためにこの家に帰ってきたんでしょうね？

まあ夜露の言うことなんぞ適当にあしらっておけばいいや、と正座を崩してごろんとまた畳の上に横になろうとしたところ、

「そうだ、お姉ちゃん。おまんじゅう、食べる？」

「いらないよっ！」

傾きかけていた身体を即座に戻し、にやけ顔の夜露に向けて口から泡を飛ばした。

——そもそも。私がまんじゅう嫌いというか、まんじゅう怖いになったのは、子どもの頃に悪戯心《いたずらごころ》を出した夜露に驚かされ、食いかけのまんじゅうが喉に支《つか》えて窒息しかけたのが原因です。夜露のせいで落語リスペクトみたいな恐怖症を抱えることになったのに、張本人の妹様は平気でそのことをネタに姉をからかってくるのです。

正直ムカっときますが、ここで売り言葉に買い言葉で「あぁ、食べさせてみなよ」なんて言おうものなら、すぐにでもまんじゅうを出しかねないので絶対に言いません。

「そっかぁ、残念。――それじゃ、自分で食べよっかな」

たぶん帰りがけのコンビニで買ってきたのだろう、個別包装されたまんじゅうを夜露がしれっとスクールバッグから取り出す。

……ほらね？　本当に買ってきていたでしょ。

白くて丸い悪魔な塊をあえて私の前でパクつき出す妹に、意趣返しとして「太るよ」と囁《ささや》いてみるも、夜露は指先についた餡《あん》を嘗《な》めながらどこ吹く風で完食する。

「もうすぐお昼ごはんなのに、なんで私をからかうためだけに食べるかなぁ」

「いいの、甘いものは別腹だから」

「それはごはんを食べた後に言う台詞だよ」

なんて、軽口交じった久しぶりの姉妹での会話を楽しんでいますと「できましたよ、早くきなさい」と廊下の向こうからお母さんの声が聞こえた。

調子よく「は～い」と返事をして先に台所へと向かう夜露の背中を見ていると、私はなんだか急に口元がにんまりしてしまう。

お母さんの見ていないところで肩の力を抜いては、悪戯までしでかす夜露――こんな何気ないことにふと懐かしさを覚え、唐突に実家に帰ってきたんだなと実感しました。

とにもかくにもほっこりした気持ちで、ダイニングを兼ねた板張りの台所に入る。

するとダイニングテーブルの上で文字通り死んだ魚の目をした鯛《たい》とばっちり目が合い、

その場であんぐりと口を開けてしまう。

それというのも鯛のお造りを筆頭に、出来合い品っぽいですが車海老《くるまえび》の塩焼きやら舞茸《まいたけ》の天ぷらといったご馳走《ちそう》が、木製のテーブルの上にところ狭しと並んでいたのです。

「……なんなの、この旅館の懐石みたいな、無駄に豪勢なお昼ごはんは」

椅子に腰掛けながら、驚きのあまりぽろりとつぶやいてしまう。

その迂闊《うかつ》なひと言で、用意を終えて先に椅子に座って待っていたお母さんの片眉がくいっと吊《つ》り上《あ》がった。

「なんですか、夕霞さん。私が用意した昼食が気にくわないとでも？」

一瞬で剣呑《けんのん》な雰囲気が食卓に漂い、隣に座った夜露が私の横腹を肘で小突く。

「ほら、お姉ちゃん、いちいちつまんないこと言わないの。おいしいごはんが食べられたらそれで十分でしょ？　どうせ向こうじゃ、もやしとかおからとかそんなのばっか食べてるんだろうからさ。――お母さんもお母さんで早く食べようよ。私、朝から何も食べてないからもうお腹ペコペコなんだよ」

さっきいやがらせにまんじゅうを食べたばかりのくせに、どの口で言いますかね。

しかし夜露は呆《あき》れる私を無視して「盛り付けがいいからか、今日のお昼は格別においしそうだよ！」とお母さんに笑いかけ、私が悪くさせたお母さんの機嫌を一変させる。

「そ、そうですか？　夜露さんも遠慮なくいっぱい食べるんですよ」

……なんでお母さんも娘相手にちょっと照れているのやら。

それにしても、あいかわらずのコミュ力モンスターだなぁ、この妹は。

こういう要領の良いところは、掛け値なしで尊敬します。

とにもかくにも。

「「「いただきます」」」

どんなときでも挨拶だけはしっかりと、というのが我が家の方針でして。

細かいことはさておき、いただくと宣言した以上は普段の栄養不足を補うべくがっつりといただきますよ。

まずはプリプリした鯛の刺身に箸を伸ばすと、茶碗《ちゃわん》によそわれたあったかいごはんの上にのせ、それから醬油《しょうゆ》をぶっかけるなり口の中へと掻き込む。

すぐさま舌の上に広がるほのかな醬油の甘みと、鯛自身の芳醇《ほうじゅん》な甘み。そこに炊きたてごはんまでもが加わって……あぁ、念願のお上品なタンパク質と炭水化物のコラボですよ。こいつはもう箸が止まりませんなぁ。

しかしそんなはしたない食べ方をしていたせいかお母さんがギロリと私を睨《にら》み、「あ、これはまたお説教かな」と思いきや、

「夕霞さん、あいかわらず牛肉はお好きですか？」

と、テーブルの端にあったローストビーフの皿を手にして差し出してくれました。

予想外の優しさにちょっと面食らうも、牛肉の魔力の前ではそんなの些細《ささい》な問題です。ごはんと鯛の刺身をめいっぱい詰めたリスみたいなほっぺで、私はコクコクと頷《うなず》く。

ほどよく食欲をそそるピンクの色味をしたローストビーフを一掴《ひとつか》みで何枚もすくうと、鯛の刺身がなくなったごはんの上にすみやかに補塡する。私にとって至高の一品が牛丼であることは絶対に譲れませんが、しかしローストビーフ丼というのもまた乙なのです。

胃袋の命じるがまま再びガツガツと食べ続けていると、またしても視線を感じる。チラリと対面に目を向ければ、脇目も振らずにお昼を食べ続けている私を、珍しく相好《そうごう》を崩したお母さんがじっと見ていた。

なんでしょう……何をしてもいつも叱られている手前、お母さんに見られているとどうにも落ち着かない。気を逸らすべく適当に頭に浮かんだ話題を振ってみた。

「えっと……そういえば、お父さんはどうしたの？」

「何言ってんの、お姉ちゃん。お父さんなら今日も畑に決まってるじゃん。いつものようにお弁当持って行ってるから、夕方までは帰ってこないよ」

私の箸が止まった隙を狙い、残りのローストビーフをごっそり持っていきながら夜露が答える。

——あぁ、そうでした。うちのお父さん、仕事に行くと帰ってくるのを面倒臭がって、クーラーを効かせた軽トラの中で昼食を食べるのが慣習の人でしたよ。しかし思い出せば、お父さんだけでなくこうしてお母さんと一緒にお昼を囲むのもいつぐらいぶりだったか。農協で事務員をしているお母さんも、基本的に昼間は家にいない。

そういえば私がまだ小学生の頃の夏休み、お母さんに代わってお昼ごはんを用意してくれていたのはいつもお祖母ちゃんでした。まだ幼稚園に通っていない頃の夜露と三人でこのテーブルに座り、お母さんが作ってくれるのとは一味違うカレーを食べるのが、本当に楽しみだったのを覚えている。

――そうだよ、そうだったよ。お祖母ちゃんは、まだ小さかったときの私の面倒を本当によく見てくれていたんだよ。

それなのになんで私はお金がないとか大変だとか、そんな言い訳を重ねてお祖母ちゃんの七回忌にさえ帰らなかったのか。確かにあのときは仕事も決まっていなくて、その月の家賃が払えるかさえわからなくて、自分が惨めで情けなくて哀れで、とてもお母さんや夜露になんて会えるような心境じゃなかった。

だけど、それでもやっぱり帰ってくるべきだったんだ。

帰ってくれれば、こんな風にお祖母ちゃんに優しくしてもらっていたときのことを思い出し、今になって後悔しなくても済んだはずなんだ。

「……ねぇ、ちょっと訊いていいかな？」

まだ半分もごはんが残った茶碗を私がそっとテーブルの上に置くのを見て、夜露もお母さんも驚いて箸を止める。

「もし……もしもだよ。もしも死んだお祖母ちゃんが手紙を遺していたとしたら、それを送ろうとしていた相手って誰だと思う？」

「……なんですか、藪《やぶ》から棒《ぼう》に」

「いやほら、お祖母ちゃんって病院暮らしが長かったじゃない。最期は意識も曖昧で遺書も特になかったって聞いてるけどさ、でも本当に誰にも遺していなかったのかな？」

お祖母ちゃんの件は業務ではないから、無理に秘匿する必要はない。

だけど家族にも言えないという想いを書いたらしいお祖母ちゃんの手紙の存在を、私は二人に気取《けど》られたくなかった。

「なに、お姉ちゃん。貧乏極まって、お祖母ちゃんの遺産でも欲しくなったの？」

「失敬なっ！　そんなんじゃないよ。……そうじゃなくてさ、久しぶりに帰ってきたらなんだか急にお祖母ちゃんのことが懐かしくなってさ」

誤魔化しではあるものの、それは実際に本当のことでもある。

さっきからお祖母ちゃんとの思い出が、この家の光景とともにやたら私の脳裏に浮かび上がってきていた。うっかりすると涙ぐみそうになっている私の様子に、お母さんと夜露が不思議そうに互いに顔を見合わせた。

――やっぱり私は、お祖母ちゃんの未練を晴らしてあげたい。

地縛霊なんていう悲しい存在ではなく、幽冥界から胸を張ってお母さんや夜露を見守ってあげられるようにしてあげたい。

そしてそれができるのは、今は私だけだ。

「よし、やるぞっ！　やるからには、いっぱい食べるよっ!!」

泣いたカラスがなんとやら。決意を固めた私は再びがしっと茶碗を手にするや、大事なタンパク質様を夜露に奪われないよう猛烈な勢いで食事を再開する。

タダ飯、最高っ！　——だからがっつり食べて、しっかりお祖母ちゃんの手紙の相手を探し出してやる！

車海老の塩焼きを殻ごと嚙《か》み砕《くだ》いてバリボリと咀嚼《そしやく》する私に、お母さんと夜露のどちらもがくすりと小さく笑った。

「いやほんと、お姉ちゃんは昔からわけがわかんないよね。でもそれがいつも通りでさ……私はちょっと安心したよ」

どことなく楽しそうに苦笑する夜露の顔が、やたらと印象的だった。

6

はてさて、例の仏壇の裏に置かれた手紙の送り相手——それはいったい誰なのか？

お昼を食べた後にお昼寝タイムを堪能《たんのう》し、さらには夕飯を食べてお風呂に入っている間もずっと考えてみたのですが、これがどれだけ頭を捻《ひね》ってもちっとも思い当たる相手が浮かばないのです。

私が中学生のとき、お祖母ちゃんは胃ガンが見つかって入院した。

見つかったときにはもうステージ3。胃を切除したもののリンパを通して既に他への転移があったため、それからは何度も入退院を繰り返しては、最後は足の骨への転移で歩けなくなって長い長い入院生活となった。

だからこそ、末期に至るまでの間にお祖母ちゃんとは十分に話す時間があった。

突然に倒れて意識不明というわけではなく、ちゃんと告知を受けたお祖母ちゃんは自分の身体の限界をなんとなく悟りながら最後の時間を過ごしていたと思う。

ゆえに遺産などは事前協議で綺麗に整理されていて、特に遺書もなかったとお母さんからは聞いていた。

だけど実際にはお祖母ちゃんの遺書はあったわけです。しかもお祖母ちゃんの話からすれば、家族にも秘密の遺書が。

そうなるとやはりあの遺書に書かれているのは遺産分割の類いではなく、家族以外の誰かに宛てたメッセージなのでしょう。

しかも渡せなかったことを後悔し、末期の未練となるほどに想いのこもった手紙です。

孫の私としては、そこまで強い想いを抱いているのに家族には内緒というのが妙にひっかかりますが、それでもいま考慮すべきは生前のお祖母ちゃんの交友関係です。

ですがそこが問題で、あらためて考えるとそれがさっぱりわからない。

お祖母ちゃんは車の免許など持たず、買い物以外にはあまり外出もせず、いつでも家にいたような人です。お祖母ちゃんに会いに家に来る人も近所の親戚ばかりで、要はお祖母ちゃんが家族以外の人と会っているところが、まるで私の記憶にはないのですよ。

……まいったなぁ。

いくら夏季休暇とはいえ、小学生じゃあるまいしひと月もふた月も休みはない。急な帰省だったのではっきりと予定は決めていませんが、それでも明々後日ぐらいには都内に戻らないと、その後の業務に差し支える。つまりそこがお祖母ちゃんの未練を晴らすためのタイムリミットです。

一度東京に戻ってしまったら次に帰ってこられるのはたぶん一年後で、しかも業務の都合もあるから、必ずという保証はない。まぁ来年もちゃんと働けていればなんですけどね。

とにかくいま解決できなければ、あの暗い仏間の片隅にお祖母ちゃんはまた長いこと一人きりで座り続けることになってしまう。

その様子を想像して胸に痛みを感じた私は、

「――しゃあない」

と、組んでいた腕を解《ほど》き、意を決した私は無造作に部屋のドアを開けた。

隣の自分の部屋に行くため、トントンとリズミカルな足音を立てて階段を上ってきていた夜露が、ぬっと廊下に出てきた私の顔を見て驚き足を止めた。

「……なに、お姉ちゃん。どうしたの？」

風呂上がりだったらしく髪をバスタオルで拭きながら、夜露が怪訝《けげん》そうに目を細めた。

「いや、ちょっと訊きたいことがあってさ、とりあえず中に入ってもらえる？」

手招きして妹を部屋の中へと引き込むと、今朝からしいたままの布団の上に私と向かい合うようにして座らせた。

それにしても、なんでこの妹様からはこんなにもいい匂いがするのでしょうか。シャンプーなのか？　それとも石けんが違うのか？

おまけにこれから先はもう寝るだけのはずなのに、ツートンカラーのTシャツはスリムなショートパンツときっかりセットアップですよ。寝間着というより、このまま表にランニングにでも行きそうな服装に見えます。

私もTシャツとハーフパンツというある意味では似たような姿なわけですが、なんでこうもシャレオツ感が違うのか。やっぱり女子力ってのは、人に見えないところでも努力する人間から湧き出すものなんですかね。

——そういえば夜露には彼氏がいるとか、お祖母ちゃん言ってたなぁ。

そんなことを考えていたら「訊きたいことって？」という夜露の問いに、

「いや……夜露さ、彼氏がいるってほんとなの？」

つい思っていたことを反射的に訊き返してしまいました。

瞬間、夜露の眉間にぐいっと皺が寄る。

本来の趣旨とはまるっきり違った質問に我ながら「しまった」と思うも、一度出てしまった言葉はもう元に戻りようがない。

「いないよ」

一瞬、返ってきたその答えに性格悪くもホッとしてしまいそうになるが、

「——今はね」

という追いうちのひと言でもって、私の表情がピシリと固まった。

「誰に聞いたか知らないけど、そんなの今年の春休みにはもう別れたよ。最初は何となくいいなと思って付き合ったけど、そのうち一緒にいるとイライラしてきてさ。子どもっぽいところとか特に我慢できなくなったから、私から振った。同い年の同級生男子なんて、やっぱりガキ過ぎてダメだよね」

……オシメをしていたあの夜露さんが、私よりも先に彼氏を作っただけでなく、既に破局していて、かつビターな人生経験まで積んでいた、と。

あまりの衝撃に「姉とは？」という疑問が、私の頭の中でぐるぐると回り出す。

「これでいい？　こんなつまんない話なら、私はもう自分の部屋に行くからね」

不機嫌な面持ちで立ち上がった夜露の手を、私ははっとなって慌ててつかむ。

「いや、ごめんごめん！　違うの、今のは寄り道というか、単に気になっていたことをつい訊いちゃっただけだから。本題はこれからなんだってばっ！」

必死で取りすがる姉の姿をじとっとした目で見下ろしてから、夜露は嫌みたらしいため息をつくと、再び布団の上に腰を下ろした。

「だからさ、用件があるなら早く言って。私だって暇じゃないんだから」

「いや、実は――お祖母ちゃんの件なんだけどさ」

「お祖母ちゃん？　それって昼間に言っていた遺書がどうこうってやつ？」

「そう、それ。――いい？　もしもだからね、もしも私たち家族以外にお祖母ちゃんが手紙を遺したいと思う相手がいたとして、夜露の知る限りでいいから思い当たる相手を教えてくれないかな？」

急に真剣になった私の面持ちに、夜露がなんとも困った表情で口を引き結んだ。

「あのさぁ……昼間も思ったんだけど、なんでお姉ちゃんはないはずのお祖母ちゃんの遺書を、そんなに気にしてるのよ。何かあったわけ？」

夜露の問いかけに「うっ」と空気が喉で詰まる。

そりゃないはずのものを何度も詮索したらそんな疑問を持たれるのも当然でしょうが、ここはあえて何も返さずにパンと両手を合わせて拝むように妹に頭を下げる。

「お願いっ！　心当たりならなんだっていいから、とにかく教えて！」

夜露がますます眉間の皺を深めた。

「そんなこと言われてもなぁ。お祖母ちゃんが亡くなったときなんて、私まだ小学生だよ。入院する前なんて幼稚園のときだったし、心当たりなんて……あっ！」

はたと何かに気がついたらしく、夜露が頓狂な声をあげた。

私が驚いて顔を上げると、なぜか夜露の唇が少しだけにやりと歪む。

「ねぇ、お姉ちゃんは覚えてない？　お祖母ちゃんさ、私たちが小さい頃によく同じくらいの年頃の人を家に上げていたよね」

「――へっ？」

「ほら、喧嘩神輿《けんかみこし》を担いだときの勲章だって言ってさ、いつも右眉の上にある大きな傷を自慢して豪快に笑ってた、あの人だよ。お母さんとお父さんがいない昼どきに限っていつもやってきてさ、お祖母ちゃんも嬉《うれ》しそうに家の中に連れ込んでいたじゃない」

妹の口から出てきた「連れ込む」なんて微妙に人聞きのよろしくない単語に、思わずギョッとしてしまう。

「あれ、言われてもわかんない？　――そっか、お姉ちゃんはあの頃はもう小学生だったから、昼間はあんまり家にいなかったもんね」

「って……それ、間違いないわけ？」

「もちろんだよ、私ははっきり覚えてるよ。その人はお祖母ちゃんを訪ねて来る度にお菓子くれてさ、『いつも一人で遊んでて偉いね、もう少し一人で遊べるかい？』って言われては、よく庭に追い出されたもの。もしお祖母ちゃんが家族宛てじゃない遺書をこっそり遺していたとすれば、それってあの人にじゃないの？」

なんといいますか……夜露の表現がやたらと生々し過ぎるんですが。

右眉の上に傷のある男性——言われてみれば、何となくそんな顔が私の記憶の底からも浮かび上がってきました。確かにどこかでそんな人を、見たような気もします。

そういえば人間関係がこじれまくるので、老人ホームなんかでも近頃はとみに問題になっていると聞いたことがあります。

——老いらくの恋。

「いや、でもさ。うちらのお祖父《じい》さんは私が生まれる前にもう亡くなってるじゃない。今どきは五、六〇代での再婚だって珍しくないしさ、本当にそんな関係の相手がいたとしてもひた隠しにする必要なんてなかったでしょうよ」

「それはお祖母ちゃんの都合でしょ。相手もそうとは限らないじゃない。同じぐらいの年齢だよ、妻子どころか孫だっていてもおかしくないよ——っていうか、たぶんいたと思う。だっていつもお菓子をくれる左手の薬指には、ちゃんと指輪があったもの」

……マジですかぁ。これは結構ショックだぞ、私。

当然ながらお祖母ちゃんだって一人の人間なので恋愛をするのは自由だけれども、それでもお相手の男性に奥さんがいたとなれば、ちょっとばっかり事情が違う。

『人に受け渡しを頼むような、おおっぴらにすべき手紙じゃない』

お祖母ちゃんの言い分が、ストンと腑《ふ》に落ちてしまいました。

あの封筒の中に、社会的に不道徳な相手への人生の未練となるほどの想いが本当に綴られているのなら、それは確かに家族には知られたくない、宛先の名前だって迂闊には書いておけない手紙となるだろう。

よかれと思い、真相を暴くため藪の中を突き進んでいったら、ひょんなところをついて想像より遥《はる》かに大きな蛇が出てきてしまった——今の私は、そんな気分です。

気がつけば、私の顔からさーっと血の気が引いていた。

「私の彼氏のこともそうだけど、あんまり人の交友関係なんて深く詮索しない方がいいよ。昼間も言ったけど、たまに帰ってくるだけの人が家の中をひっかき回さないでよね」

夜露が、ふふんと口にしそうなしたり顔でスタスタと部屋から出て行く。

一方で、取り残された私はもはや夜露に構っているような心境じゃなかった。

事実を知った今――妙に気持ちが重くなっていた。
もしも――もしも、このことをお母さんが知ったなら。
実の母親が唯一遺した遺書が実の娘である自分宛てではなく、不道徳な関係であった男性へと向けたものであったと知れば、あの生真面目を絵に描いたようなお母さんはいったいどれぐらい悲しい思いをするのだろうか。

7

時刻は深夜の二時。

ひとたび熟睡すれば緊急地震速報でも起きない自信のある私が、布団からむくりと半身をもたげる。昼寝し過ぎたせいで眠れない――なんて子どもじみた理由じゃなくて、もちろん自分の意思で起きたのだ。

むしろ気持ちがザワザワして今は寝付けないぐらいだった。

耳をそばだて、家の中で私以外に起きている人がいないかを確認すると、そーっと起き上がって部屋を出た。そのまま忍び足で階段を降りる私が向かう先は、仏間だった。

居間に入るとこれまで以上に足音を殺し、息を殺し、気配までをも殺して、慎重に畳の上を歩み――そして、襖が開いたままだった仏間へと進入するなり、

「おや、夕霞かい？　どうしたんだい、こんな時間に」

昼間と同じく、仏壇の横で座ったままのお祖母ちゃんに即座に声をかけられました。

思わず心の中で「チッ」と舌打ちをしてしまう。

草木も眠る丑三《うしみ》つ時とは申しますが、やっぱり地縛霊は寝てませんでしたよ。

「奇遇だね、お祖母ちゃん……元気だった？」

毎度、情けなくなるほどに誤魔化すのが下手な私です。亡くなっているのに元気かと不審なことを問われ、お祖母ちゃんの目がギロリと光る。

「夕霞、あんたまた何かやらかそうとしてるね。――何をしに、ここに来たんだい？」

その眼光の鋭さにたじろぎそうになってしまうも、私だって簡単には引き下がれない。首を左右に振って迷いを払うと大股でずんずんと仏壇へと近づき、

「お祖母ちゃん、ごめん！　許してっ!?」

言うや否や、仏壇の後ろに素早く手を差し込んで、お祖母ちゃんの未練の元凶である手紙を一気呵成《いっきかせい》に引き抜いた。

「あんた、何してんだいっ！」

「だいじょうぶだから！　もう全部わかっているから、お願いだから私を信じて。この手紙が――不倫相手に宛てたものだって、私はもうちゃんと知っているのっ！」

「……はぁ？　なにわけのわかんないこと言ってんだい」

「悪いようにする気はないの。この手紙を眉に傷があるっていうその人に、ちゃんと届けてあげたいだけなの。絶対にお母さんにも夜露にも内緒にするから、この秘密は私が自分のお墓まで持っていくから――だから、この手紙を私に預けてっ！」

そして地縛霊のお祖母ちゃんが仏間から動けないのをいいことに、私は手紙を手にしたまま返答も待たずに走り出し――、

「えーかげんにしぇ!!　ぶたらぐど、このばががっ!!」

踵《きびす》を返した途端に私の背中を襲った、秋田弁全開のめちゃくちゃおっかない怒号。

瞬間、本能的に私の全身が竦み上がった。

足がもつれてひっかかり、私の身体が前のめりに倒れていく。そのままビタンと顔から畳の上に落ちると、潰れた鼻を手で押さえて私はゴロゴロとその場でもんどり打つ。

あぁ……はっきりと思い出しましたよ。頭では忘れていても、どうやら私の細胞の方はしっかり覚えていたようです。

朝霧家で一番怖いのは、お母さんでもお父さんでもない。普段は穏和なこのお祖母ちゃんが、怒らせたら一番おっかないんでした。

般若《はんにゃ》みたいな顔したお祖母ちゃんがこっちに近づいて来るのを見て、すっかり子ども

の頃の感覚に戻った私は、悪戯をする度にげんこつをもらっていた頭をわなわなと震えながら両手でかばう。

だけど私の頭に落ちてきたのは拳ではなく、広げたやわらかな掌《てのひら》だった。

「まったく……夕霞はいくつになってもしょうがない子だよ、ほんとに」

瞑《つむ》っていた目を開いてみると、優しい顔に戻ったお祖母ちゃんが困った表情を浮かべながらも笑いかけてくれていた。

「ほれ、話してごらん。あんたみたいな子が、なんでこんな人が嫌がることをしようとしたのか。何かしらの理由があるんだろ？」

表情も口調も元の穏やかな調子ではあるものの、さっきの叱責ですっかり毒気を抜かれてしまった私は、まるでお白洲《しらす》の罪人のごとくその場で正座し白状をする。

「夜露に聞いたからもうわかっているんだよ。お祖母ちゃんはさ、私たちが小さい頃によその男の人を家に連れ込んでいたんでしょ？」

――かくして、私は夜露を介して知った事実を包み隠さず語り出す。

そして私の話を一通り聞き終えたお祖母ちゃんは、額に手を当てながらこれまで聞いたこともないほどの盛大なため息を吐いた。

「おまえはほんとに小さい頃から思い込みの激しい、馬鹿な子だねぇ」

……いや、お祖母ちゃん。さすがにこの歳になってから、しみじみ「馬鹿な子」なんて言われてしまうと、私の心へのダメージが半端ないんですけど。

「今回ばかりは、ほとほと呆れてものも言えないさ。――私が不倫をしていたって？　つまらないこと言うんじゃないよ。お天道様に誓って言うけど、私は清廉潔白さ。遺したあんたらだけじゃなく、先に死んだ祖父さんにだって顔向けできないようなことは生涯何一つとしてしちゃいないよ、まったく」

　呆れてものも言えない、と口にしたわりには意外と饒舌《じょうぜつ》に続いたぼやきに、しかし私は首を傾《かし》げた。

「だけど……お祖母ちゃんが〝右眉の上に傷がある男の人〟を、お父さんもお母さんもいない昼時を狙ってよく家の中に連れ込んでいたのを夜露は記憶しているんだよ。言われてみれば、私も確かにそんな人を見かけたような気がするし」

　そんな私の主張に、お祖母ちゃんが疲れ果てたと言わんばかりにがくりとうな垂れた。

「夕霞、今でもうちの二軒隣に住んでいる、私の従弟《いとこ》のことは覚えてるかい？」

　ちなみに私の実家がある、この田んぼに囲まれた小さな集落はおおむね朝霧姓でして、つまるところ七、八軒ばかりが集まった近所の家は、ほとんどが親戚なのです。

　なので近所に住むお祖母ちゃんの従兄弟と言われましても、こぞってみんな親戚ですから私の記憶の中では誰が誰やらあやふやなのです。

「……まあ、この土地を嫌っていた夕霞はうろ覚えかもしれないけどね。でも一応はあんたと同じ朝霧の血を引いている上に少なからずお世話にもなった人だ、なんとか二軒隣のその人の顔を思い出してごらんよ」

腕を組み、言われるがままにうんうんと唸って脳細胞をフル回転させてみると、

「——あっ！」

野良仕事の合間によくうちの居間に上がってお茶を飲んでいた、あのおじさんか！すっかり忘れていましたけれど、でも今ははっきりと脳裏に顔が浮かびましたよ。

そして思い出したその顔には、右眉を分断する形でもって大きな傷痕がある。

その傷のせいもあっていささか強面《こわもて》なおじさんですが、実のところは子ども好きな上に気前も良く、会う度に「大人の邪魔にならんよう、いい子で遊ぶんだぞ」と言っては頭を撫《な》でながら、ポケットに忍ばせていたお菓子をいつもくれたんでした。

「私が娘夫婦の目を盗んで家に男を招き入れていたとか、そんな下らない話を信じるんじゃないよ。いま夕霞が思い出したその人は、一〇代の頃に喧嘩神輿に挟まれて眉を切った私の五つ下の従弟さ。あんたたちが小さかったころはまだ祖父さんが亡くなってそんなに年数が経《た》っていなかったからね、私が寂しがったり、困ったりしてないか心配してちょくちょく様子を見に来てくれていただけだよ」

「いや、待って……それじゃ、私が聞いたあの生々しい夜露の話は……」

「だから、おまえは馬鹿な子だって言っているんだよ。——まだ気がつかないのかい？

夕霞は夜露にからかわれたんだよ。妹に騙《だま》されたのさ」

——な、なんですとぉっ！

「それって……お祖母ちゃんの不倫相手なんて、最初から存在しなかったってこと？」

「さっきから、ずっとそう言っているだろうが」

それを聞いた途端、私は全身の力が抜け、座ったままの姿勢でへにゃへにゃとその場に崩れてしまった。普通なら「夜露めっ！」と怒りのひとつも湧いてくるのでしょうが、しかし今の私の心を占めているのはただただ安堵だけだった。

——あんなお母さんだけれども。

——あんな風にやたら真面目で、厳しいお母さんだからこそ。

自分と血の繋《つな》がった母親の、世間様に顔向けしがたい過去を知れば、きっと本気で落ち込むに違いないと心配していた。

でもどうやらそれは、ただの杞憂《きゆう》だったようです。

肺が萎《しぼ》みそうなほど長い息を吐く私を見て、お祖母ちゃんが苦い笑いを浮かべた。

「まぁ、思えば私も少し悪かったかね。あんな風に中途半端に手紙のことを伝えたら、そりゃ夕霞じゃなくたって気になるものね。だからちゃんと教えることにするよ。いま夕霞の手の中にあるその手紙はね、朝顔に宛てた手紙だよ」

「へっ？　だって、家族には知られたくない、おおっぴらにできない手紙だって」

「そりゃそうさ。それは夕霞と夜露には見せたくはない、あんたら二人の母親たらんと肩肘を張り続ける私の不器用な娘に向けて、その母親が綴った実に情けない忠告だからねぇ」

8

なんてことはない。

今回のドタバタは性悪な妹にからかわれた私の一人相撲《ひとりずもう》だったようでして、お祖母ちゃんの最後の手紙は私のお母さん――つまり、自分の娘に宛てたものだったようです。

でもそうなると、最初の疑問が再び鎌首をもたげてきます。

母から子に遺した遺書――そんなまっとうなものを「家族であるからこそ言えない」とか「おおっぴらにする手紙じゃない」なんて、どうしてお祖母ちゃんは言ったのか。

堂々巡りする疑問に頭を抱えていると、ふっきれた表情のお祖母ちゃんが口を開いた。

「送り先を聞いた今となっては不思議に思うかもしれないが、でもその手紙は最後の最後まで本当に、朝顔に渡すべきかどうか悩んでいた手紙なんだよ。朝顔も、もういい歳だからね。いい加減に母親から教えてもらうんじゃなく自分で気がついて考えなくちゃいけない。だけどあの子があまりに不器用過ぎて不憫《ふびん》で……告げてあげるべきかどうか悩んでいるうちに私が死んでしまって、気がつけば未練になっていたんだよ」

と、お祖母ちゃんは自嘲気味に笑うも、話はまだ続く。

「朝顔にだって、母親としてプライドはある。だからあの子の心情を慮《おもんぱか》れば、その手紙の存在は夕霞と夜露にだけはどうしても秘密にしておかなくちゃならない。ましてやあんたたちから手渡される事態だけは避けたいと、そう思ってたんだがね——どうやらそのせいで、だいぶ夕霞を悩ませてしまったようですまないね」

というか、そもそもなんで娘への遺書を孫二人に内緒にしたいのか。それこそ骨肉の争いが起きそうなほどの遺産でもあったのかと疑いたくもなりますが、だけどももしもうちにそんなお金があれば、私が大学時代の学費を全額自分の奨学金でまかなうことにはなっていなかったはずです。

どうも話が見えずに困惑していると、察したお祖母ちゃんが話の方向を変えた。

「ねぇ、夕霞。朝顔があんたと顔を突き合わせればすぐに説教をしようとする、その理由がわかるかい？」

「私がお母さんに怒られる理由？　——いやそんなの私が単にだらしなくて、いつもお母さんをイライラさせているからでしょ？」

私は当たり前のことを答えたのに、しかしお祖母ちゃんはコロコロと笑った。

「あれだけ叱られていたら、確かにそう思うだろうねぇ。だけど——」

お祖母ちゃんは一拍の間を溜めてから、

「その夕霞の認識は、まったくのお門違いなんだよ」

「……はい？」

間の抜けた私の返事に、お祖母ちゃんが苦々しく笑う。

「あの子が夕霞と夜露を叱るときはね、自分は娘たちの手本となるような立派で威厳のある母親でなくちゃならない——と、そんなつまらないことを考えながら、あの子なりに必死でおまえたちに説教をしているのさ」

「はぁ？　お祖母ちゃん、なに言ってんの？」

威厳のある立派な母親になるために、必死になって娘を叱る——なんですか、それ。

「夕霞は、朝が弱いのはあいかわらずかい？」

「……なに、いきなり」

くるりとまた変わった話向きに面食らうも、弱いところを突かれて私は頭を掻いた。

「いや、まあ……社会人になってもあいかわらず朝は苦手で、毎日遅刻寸前だよ」

「そうかい。でも——だいじょうぶ、遅刻寸前ならまだ偉いさ。朝顔が高校生だったときはね、毎朝起きられずに何度学校に遅刻したか、とても数えられないぐらいだよ」

「……えっ？」

「できれば夕霞にも朝顔の若い頃を見せてやりたいもんだね。母親の私が言うのもなんだけど、ほんとにずぼらで調子が良くて、おまけにすぐ喜んだり落ち込んだりとやたら忙しい子でね。自分のことを棚に上げて、よくもまああれだけ夕霞を叱れると思うよ。

　若い頃の朝顔はね、夕霞なんかとは比べものにならないほどだらしなかったのさ」

　その意外過ぎる話に、吸っていた息が途中で止まるほど私は言葉を失ってしまう。

　私の顔を見ればいつでもお説教。二言目どころか三言目も四言目でさえも「もっとしっかりしなさい、もっとちゃんとやりなさい」としか言わない、あの正論お化けなお母さんが、昔は私よりもだらしなかったとか……いやいや、そんなまさかねえ。

「信じられないって顔してるけど、でも本当のことだよ。朝顔を育てた私が言うんだから間違いない。おまけにずぼらなだけじゃなく、あの子はあんたたちと違っていつも小さなことでうじうじ悩んでてね、こう言っちゃなんだけど情けない子でもあったよ。

　特にあの子が就職したときのことは、死んだ今でも良く覚えているよ。高校を出たあとの進路で悩んでいるとき、親戚に勧められて地元の農協の事務員募集に応募してね、それに受かったら次はなんて言い出したと思うかい？」

「……受かったんだから、そんなの良かった以外にないでしょうよ」

　お母さんが就職活動をしていた時期はとにかくどこも人手が欲しい、俗に言うところのバブル時代の末期です。まあ現在も若年労働者は売り手市場ではあるものの、それでも一年以上にわたって定職にありつけなかった私としては、お堅い農協様への一発採用は羨ましい以外の感想がありませんよ。

——だけど。

「採用の電話が来た直後、朝顔は『いや！』って言って、泣き出したんだよ。これから社会に出るための仕事が決まったためでたいその日に、本当は東京に出てみたかったんだって、急に言いだしたのさ。だけど今のこの土地での生活も捨てがたくて、一人で家を出て行くことも怖くて、迷って悩んでいるうちに気がついたら断れない状況になっていたって、いまさらになってそんな詮ないことを喚《わめ》きだしては、一八にもなった娘が母親の私にしがみつき恥も外聞もなくわんわんと泣いたのさ。

あのときはもうほんと、朝顔の将来が心配で仕方がなかったよ」

「もっとしゃんとなさい！」と常に眉間に皺を寄せてがなり続ける、私の中のお母さん像にピシリとヒビが入り、そのままボロボロと崩れ出す。

——というか、いったい私は誰の昔話を聞かされているんでしょうか。

「そんな泣き虫な朝顔が変わったのはね、あんたのお父さんがうちに婿に来てくれたよりもずっと後のこと——夕霞が生まれた、その日からなんだよ」

「へっ？　……私？」

「そうさ。お腹を痛めて産んだあんたを自分の腕に抱いたとき、朝顔は嬉しくてじゃなくてね、実は怖くて不安だって言って目に涙を浮かべていたんだよ。

これまでは何があろうとも自分の人生で自分の責任だった。でもここからはまだ何もできない小さなこの娘の人生も背負わなくちゃいけない——そう言って、昨日までならそこで泣いていただろうに、あの日からは歯を食い縛ってこらえるようになったのさ。

産院から退院してきてからの朝顔は、まるで人が変わったようだったよ。あれだけ朝が起きられなかったくせに、枕元に毎朝三つも目覚ましをかけてはあんたの離乳食を作ってから仕事にいく。自分の働く先でさえ悩んで決められなかったのに、ちょっとした噂《うわさ》を頼りに遠方まで出向いては、あんたを通わせるための幼稚園の評判を聞いてきて悩む。そうしているうちに夜露も生まれてね、すると朝顔はよりいっそう必死になって、それからはもうずっと肩肘を張るようになったのさ。

優柔不断で意志薄弱で、泣き虫で弱虫な自分の血を引いているあんたたちが、決して自分のように情けない人生を送らないようにと。子は親の鏡だから、正しく歪まない母親を見て育ったら自分みたいな後悔ばかりしているような人ではなく、きっと立派な人間になってくれると。そのためにはあんたたちの些細な間違いを正して、威厳ある母親で居続けなければならない——そんなことを本気で考えて、あの子はあんたたちを常に叱るようになったのさ」

——なんだ、それ。

つまりお母さんは、私と夜露を若かりし頃の自分みたいにしないために、威厳あるところを見せようとあんなに口うるさく叱っていると。母親とはこんなに立派なんだと、こんな今の自分みたいになれと、あえて小さなことでも声を大にして説教をしていると。

いや、そんなの――、

「ただ迷惑なだけの上に、盛大過ぎる余計なお世話だよ」

実の母親の衝撃的過ぎる心情を知って、つい口から漏れてしまった本音に、お祖母ちゃんがとびきり苦い顔をした。

「いい表現をするね、夕霞。その通りさ。いくら子どものことを想ってだろうと、そんなつまらない理由で叱るから、朝顔は自分の娘たちから適当にあしらわれる。

要領のいい夜露は朝顔が怒らない勘所を押さえては波風立てずに立ち回り、芯がしっかりした夕霞は何を言われたって右から左に聞き流す――そうなるのは当たり前だね」

自分のことにも言及され「うっ」と言葉に詰まってしまう。確かに私は息をするレベルでお母さんのお説教は聞き流せるので、返す言葉がありません。

「まあ朝顔だってそこまで鈍感じゃないからね、自分が娘二人に疎まれていることはちゃんと気がついているよ。だけどそれでもあの子は、娘とのそんな馬鹿な接し方を変えられない。どれだけ夕霞と夜露から避けられようと、大事なのはあんたたち二人が立派にまっすぐ育つこと。結果として、二人が過去の自分のように迷うばかりで後悔しか残っていない生涯を送るようなことにならなければ、それで十分だと――あの子はね、今でも心からそんなことを考えて、あんたたちを叱っているんだよ」

気がつけば私の口から「ははっ……」という、乾いた笑いがこぼれていた。

言葉も出ないとはまさにこのこと、なんてまあ恥ずかしいんでしょう。

――お母さんのことじゃない。

恥ずかしいのは、そんなことも知らず気がつかずに育ててもらった、私自身のことだ。

高校生の時、お母さんは登校前にいつもお弁当を用意してくれていて必ず小言と一緒に手渡ししてくれた――私が生まれる前までは、いつも寝坊をしていたくせに。

一人暮らしが決まった時、これからは自分の判断に責任を持ちなさいと言って立派な判子をくれた――優柔不断な自分は、家を離れる決心すらできなかったくせに。

娘たちの手本となるべく自分の性格すらも変えようとした、本当は誰よりも臆病で弱くて泣き虫だったらしいお母さん。

「私もね、既に母親となった娘より子どもである孫の心配をすべきだと、常にそう思ってはいたんだよ。でもね、小さい頃からしっかりしていたあんたたちよりも、四十路《よそじ》も過ぎてまだなお自分を省みられない娘の方が、私はどうしても心配だったのさ」

実際に草葉の陰ならぬ仏間の陰から見ていたけれど、夕霞は家を出て、夜露は高校生にもなったのに、朝顔はまだあんたたちを頭から叱ろうとする。もう自分の肩の荷をどう降ろしていいのかがわからなくなっているんだよ。

――本当に馬鹿で、不器用な子なのさ。昨日だってきっと夕霞が帰ってきたのが嬉しくて仕事を休みにしてもらい、ご馳走を買ってきたんだよ。それなのにその想いをまったく口にも出せずに、それどころか面と向かうとどうしても説教せずにはいられない」

あぁ、そういうことか――と、思わず得心してしまった。

昨日のやたら豪勢だったお昼ごはんはなんてことはない、久しぶりに実家の敷居を跨《また》いだ私のために用意してくれた歓迎の証《あかし》だったわけだ。

本当に、あの人は面倒臭いお母さんですよ。

だけどそう気がつくと、久しぶりの生のお説教ぐらいもう少しまともに聞いておいてあげればよかったかな――なんて、そんな風に感じてしまった。

「でもね、さすがにもう潮時だと思うのさ。夕霞は家を出て、夜露だって高校を卒業するのにあと何年もない。無事に大きく育ったあんたたちと、朝顔はもういい加減一人の人間同士として接しなくちゃいけない時なんだよ。むしろあんな育て方をされたのに母親を毛嫌いしないでいてくれたあんたら二人に、感謝すべきなぐらいさ。

自分の姿勢が娘の生き方を左右するんだなんて思い上がりはここらで捨てて、そろそろ朝顔はあんたたち二人から子離れをしなくちゃいけない」

そう言って寂しそうに笑ったお祖母ちゃんが、私が手にしたままだったお母さん宛ての手紙が入った封筒を指さした。

「そんな苦言が書かれた手紙を娘から手渡されるのは酷だと思ったんだがね――でもやっぱり、今のままの方がずっと酷だろうね。だから前言を撤回するよ、夕霞。

その手紙、あんたから朝顔に渡してやってくれないかい？」

9

翌朝のこと。

日が昇る直前に起きてきたお母さんが、玄関経由で新聞を片手に居間に入ってくる。

寝ぼけ眼《まなこ》を擦《こす》りながら電気を点《つ》け、それからお盆のお供え物を替えようと仏間に入り、それでもって――ようやく仏壇の横に座っていた私に気がついて、半開きだった目をギヨッと丸くさせた。

「ゆ、夕霞さんっ!?」

私よりも朝が弱いというお祖母ちゃんの話を証明するかのごとく、寝起きのお母さんのパジャマの裾は片側だけがまくれ、頭には角のような寝癖までできていた。

ちなみに――お母さんが起きてくるこの一時間前にはお父さんがもう起きてきていまして、仏間に座った私を見るなり何の驚きもなく挨拶すると、自分で昼飯用のおにぎりを作り、そのまま軽トラに乗って畑へと向かいました。主張が少ないのでお母さんの尻に敷かれているイメージがあるものの、実際には寡黙でただやるべきことを一人でやるタイプでして、なんだかんだと父は強しです。

まあ——閑話休題。

とにもかくにも初めて見る、寝起きのお母さんのだらしない姿にちょっと驚く。

そんな私の視線に気がついたお母さんは、気まずそうにいそいそと身なりを整えると、仕切り直すようにゴホンと大きく咳《せき》をした。

「な、なんですか、夕霞さん。せっかくのお休みだと言うのに、こんなに早くから起き出してきて、休めるときにはしっかり身体を休めるということも、お勤めを続けていく上では大事なことだと、あなたはそう思わないのですか？」

苦手らしい朝のせいか、はたまたお母さんの本当の想いを知ったあとだからか、今回のお説教の迫力は普段の三割減です。

「……いやぁ、普段と枕が変わったせいかどうにも寝付けなくてさ」

「いつでもどこでも寝られる夕霞さんが、何を言っているんですか。そもそも、あの布団はあなたが家を出るまで使っていたものですよ、枕が変わったとか言うのであれば、普段からもっと帰省してくればいいんです」

ああ言えば、こう叱る——ほんと、可愛くない母親ですこと。

とまあ、いつもならどうでもよくなった私が「はいはい」と答え、「『はい』は一回で十分です！」と怒られる流れとなるのだが、しかし今日はお母さんの説教を無視して立ち上がり、今にも私に食いつかんとする鼻先に一通の封筒を差し出した。

突然のことに、さすがのお母さんも小言を止《や》めて目を白黒させる。

「な、なんですか、いきなり……この封筒はいったい？」

「眠れないからあっちこっち家の中を見ていたんだけどさ、そうしたら偶然にもこんなのを仏壇の裏から見つけちゃってね」

お母さんが、私の手からおずおずと白い封筒を受け取る。

宛先の書かれていない黄ばんだ封筒に眉を顰《ひそ》めてから裏返して差出人の名前を確認したところ――不審で糸のように細まっていたお母さんの目が、一瞬で大きく見開いた。

「……夕霞さん、こんな手紙をいったいどこからっ！」

「だから仏壇の裏だってば。それじゃ確かにお母さんに渡したからね。私はそろそろ眠くなってきたんで、今から部屋で横になってくるから」

と、そのままスタスタ歩き去ろうとするのを、お母さんが全力で引き留める。

「ま、待ちなさい、夕霞さん！　この封筒の裏に書かれた名前は確かに私の母親のものですけど、でも肝心な送り相手の名前が書かれていません。ひょっとしたらこの手紙にはあなた宛てのメッセージも書かれているかもしれませんよ。私が読み終わるまで、しばらくここにいなさい」

「はぁ？　何言っているの、それは間違いなくお母さん宛ての手紙だよ。だってお祖母ちゃんが遺したものなんだから」

「いや、夕霞さんの祖母が遺した手紙だからこそ、孫であるあなたや夜露さんのことも書かれているかもしれないと、そう言っているんです」

「だから、そんなことないって。だってそれ、お母さんのお母さんからの手紙なんだよ。——母親ってのはさ、常に子どものために小言をいうものじゃないの？」

普段の意趣返しを込めて意味深に口の端を歪めた私に、お母さんがはっと動きを止める。

その隙を突いて、私は逃げるように仏間を出た。だけど廊下の途中でもってぴたりと足を止め、そこから襖の陰に身を潜めてこっそりと仏間の中を覗き見る。

いきなり過ぎる母親の遺書に、私が去ってからもお母さんはしばらく戸惑い呆気《あっけ》にとられていたようだが、やがて意を決すると仏壇の前に正座をした。

封筒の裏に書かれた亡き母の名前をしばし見つめてから、丁寧に封のされた糊《のり》をピリリと剝がす。そして数枚の便せんを中から取り出すと、仏間の照明を点けることさえ忘れ、薄暗い中で無心で読み始めた。

——あの手紙は、不器用な子どもに宛てた悩み悩んだ母からのメッセージだ。

いくら二人と血が繋がった私でも、お祖母ちゃんが言っていたように盗み見ていいような代物じゃない。

だけどそこに何が書かれているのかは——もうわかっている。

それはきっと、こんな内容なのだろう。

『拝啓　朝霧朝顔様

二人も娘がいるもはやいい大人となった今のあなたに、これから書くことを伝えるべきかどうか私はだいぶ悩み、そしてこれを書いている時点でもまだ悩んでいます。

だから書き終えたときには、こっそり仏壇の裏へと入れておくつもりです。私がこの世からいなくなった後にでも、いつかひょんなことから見つかることを期待して。またそのときにはもう自分でちゃんと気がついていて、笑い話となっていることを願って。

ですがあなたは真面目で優柔不断だから、きっと変わっていないことでしょう。

だからこそ、これから私が書くことを心して読みなさい。

夕霞が生まれた日、あなたは怖くてたまらないと泣き言を口にし、私はしっかりなさいとあなたを叱りましたね。でも実のところ、あなたが生まれた日にあなたの母である私も似た感情を抱いていたのですよ。

あなたが私のお腹の中から生まれてきてくれたとき、この子を幸せにしてあげなくちゃいけないという重責で、私も不安に押しつぶされそうでした。

ですがそのとき感じたのは不安だけではありません。むしろそれ以上に私の心を占めていたのは、生まれてきてくれたあなたへのどこまでも深い感謝でした。

あなたが大きくなっていく度に、私の身体は老いてくたびれていく。

あなたを産んだ私の身体は、いつか先に朽ちてこの世から消える。

だけどそれでも、私がいなくなった後でもあなたはこの世界に居続けてくれる。

そう思うだけで私はたまらなく頼もしくなり、あなたが生まれてきてくれたことに、心の中で何万回もあなたにお礼を言ってきたのです。

ですから、よく自分の心の中を覗いてごらんなさい。

かつての私と同じように、あなたにも自分の子どもたちに対し同じく感謝をする気持ちがあるはずです。だって私の子どもはあなただけでしたが、あなたにはそれまでの自分を変えることができるだけの愛《いと》しい娘が二人もいるのですから。

そんな感謝を捧《ささ》げた大事な娘たちに、あなたは肩肘を張っては無理に耳に痛いことを口にし、娘のためだから嫌われても構わないのだと自分に言い繕っていますね。

しかし、それは間違いですよ。

あなたが取り繕っているのは、下らない親のプライドです。二人が生まれた日のことがあまりに怖かったから、ちゃんと夕霞たちを育てられているとあなたは思い込みたくて、自分が満足するためだけにただ二人を叱っているのです。

ときには子を叱らなければならないときもあるでしょう。

ですが、それが自分のためとなってしまっては絶対にいけません。

だってあなたの娘たちはあなたが老いていくにつれ立派な大人となり、そしてまたいつか同じ不安を抱えながら子どもを産んで、そしてその子に全身全霊の感謝を捧げていく——そういう流れの中にいる存在なのですから。

そんな子どもたちの人生まで、あなたが背負わなければと思うのはただの傲慢です。

二人の人生は二人のもの。

これからの生涯であの子たちが感じる不安も恐怖も感謝も、全て二人のもの。

二人の人生は二人に任せて余計な口出しをせず、いつか来るあなたの末期の瞬間まで、この世界でともに過ごせることをただ喜べばいいのです。

私もまたあなたの親らしく優柔不断ですから、きっと生きているうちにこの手紙は渡せないでしょう。だからこそ、あえてこう書きます。

私はあなたがこの世にいてくれたからこそ、安心して死ねました。

——ありがとう、朝顔。

そして夕霞と夜露に対してつまらない責任を感じることなく、あなたの残りの人生、この世からいなくなるまでの間は二人にただただ感謝をなさい。

願わくはその最後の日が、少しでも先になることを。

どうか身体だけは気をつけてください。

母より』

背中を丸めた状態で、お母さんが畳に突っ伏す。畳が涙で濡《ぬ》れていくのも構わず、そのままえぐえぐとしゃくり上げ始めた。

そんなお母さんの背中に――手紙を読んでいる間、横で座って見守っていたお祖母ちゃんがそっと手を添えた。

その様はまるで小さな子どもをあやすようであり、怖くて泣いてしまった子どもを慰めるようでもあり、お祖母ちゃんは私に向けるよりもいっそう優しい目をしながら、だいぶ自分と歳の近づいてきた娘の背中を何度も何度も撫で続ける。

そんなお祖母ちゃんの様子に、私はつい苦笑いを浮かべてしまった。

そろそろ朝顔自身があんたたち二人から子離れをしなくちゃいけない――なんて、まったくもってどの口が言ったのやら。本当に子離れができていなかったのはお母さんじゃなく、どうやらお祖母ちゃんの方だったみたいです。

私が見ていたことに気がついたお祖母ちゃんが、気まずそうにはにかんだ。

「――夕霞や。まぁこんな不器用で情けない、不出来な娘なんだけどね。

これからも、どうかよろしくしてやってちょうだいな」

まるで同じ小学校の同級生に娘を託すかのように私に話しかけ、お祖母ちゃんが深く頭を下げる。

そして再びその顔を上げるよりも早く――お祖母ちゃんは、仏壇の横から消えていた。

残ったのは、お祖母ちゃんからの手紙をくしゃくしゃになるほど握り締め、寝ているだろう娘二人には聞こえぬよう、必死で声を殺して泣き続けるお母さんだけだった。

さすがにこれ以上は野暮が過ぎるよね、と私は足音を立てぬように居間の扉の陰から離れると、二階の自分の部屋へとこっそり戻る。

もう朝だけど、寝不足な私は布団の中へと潜り込んだ。

するとお祖母ちゃんの笑顔が、瞼の裏に自然と浮かんでくる。

「……やっぱり七回忌のときには帰ってくるべきだったよなぁ」

後悔先に立たず。幽冥界へと行く前にちゃんと謝っておけばよかった、なんて思いつつも、私は瞬く間に心地よい眠りへと落ちていた。

10

「いったい今何時だと思っているんですかっ！　ほんとにだらしない……いい加減に起きなさい、夕霞さんっ!!」

シャッとカーテンが開けられて部屋に差し込んだ昼前の日差しとともに、すやぁと寝ていた私の身体にお母さんが容赦なく怒声を浴びせる。

昨日はなんだかんだと夜中に寝られなかったので、もう少しだけ寝かせてくださいとは思うものの、その理由を説明できないのが辛いところです。

というか、お母さんはお祖母ちゃんからの手紙を読んだんじゃないの？　なんで私のことを、まだそんなに怒るわけ？

——まあ人間、忠告を受けたからと言って、その場で即座に変われるわけじゃないということで。

とにもかくにもお母さんに叩《たた》き起こされた私は、むくりと起き出すなり胃袋に導かれるままキッチンへと向かう。やっぱり用意してくれていたお昼ごはんをモリモリ食べると、次は居間に移動してお母さんの目を盗み畳の上にゴロンと横になった。

夏なのにどこか涼しい風に吹かれていると、いつのまにか意識を失ってしまい、ふと目を覚ましたときにはもう夕方です。

起きるなり今度は匂いに誘われて再びキッチンへと向かってみれば、ちょうど夕飯の用意ができたところでした。お母さんと夜露だけでなく、お父さんもいる食卓にて昼間以上にがっつりとしたご馳走を堪能させていただく。

なんというか——まったくやることがないのに、一瞬で時間が過ぎていく。

子どものころは視界の終わりに聳えた山を見るたび、大人になるまでの時間が長過ぎると焦《じ》れていたはずなのに、なんで夏季休暇で久しぶりに帰ってきた実家の時間の流れというのはこんなにも早いのか。

居間の座卓でデザートのスイカにかぶりつきながら、そんな誰もが感じる世界の謎に思いを馳《は》せていたら、

「夕霞さん、あなたもこちらにいらっしゃい」

と、開け放した戸の外側から、私を呼ぶお母さんの声が聞こえた。

縁側に出てみるとサンダルを履いたお母さんが庭にいて、茶色い陶器の皿の上に折ったオガラを積み上げている最中でした。

それでようやく、私は今日の日付を思い出す。

あぁ、そうか——八月一六日、今日は全国的に送り盆の日ですよ。

私よりも先に縁側に出て、足をぶらぶらとさせながら座っていた夜露の隣に腰掛ける。

そこでふと、一人だけ姿が見えないことに気がついた。

「あれ？　そういえばお父さんは？」

「飲みすぎてもう寝ちゃったよ。お姉ちゃんが久しぶりに帰ってきているのが、そう嬉しいんじゃないの？」

——あぁ、そうですかい。なんで私が帰ってくるだけでお酒を飲み、そのまま早めに

寝てしまうのか。やっぱりまだまだ親の気持ちはわからんですなぁ。

なんて思っている間に、オガラの下に敷かれた新聞紙の上にお母さんが火の点いたマッチを載せた。赤くぼんやりとしたマッチの光が小さくなって一瞬消えそうになるも、すぐさま引火した新聞紙が炎を上げ、積まれたオガラがぼっと燃えだした。

そろそろ秋の虫の声が混じり始めた夏の夜。真っ白い送り火の煙が、星のぼやけた暗い空の向こうにゆらゆらと立ち昇っていく。

煙が消えていく夜空を見上げながら、手を合わせたお母さんが深く瞑目した。

今のお母さんの胸中にいるだろうその人は、残念ながら一足先にこの家からは去ってしまっている。そのことを伝えられないのは、少し申し訳なくもあった。

でも――だいじょうぶ。

来年には地縛霊ではなくなったお祖母ちゃんが、きっと帰ってくるはずだから。

ひょっこりとまたあの仏間に戻ってきて、いくつになっても成長しない娘に嘆きながらも、優しく見守ってくれるはずだから。

「あぁ……夏ももうすぐ終わるなぁ」

お盆が過ぎれば、夏の終わりはもう目の前です。

休み明けからの仕事のことを考えると、明後日の昼すぎには実家を出ようと思います。

そう考えると、この二日間ただだらだらしていただけなのに、どうにもこれまでの時間が惜しいという気持ちになってくるから不思議ですよ。

切なくもれた私のため息を耳にしたお母さんが、火の消えたオガラにバケツの水をかけながら振り向く。

「もう日にちとかそんな連絡しなくてもいいですから、今回みたいに思いついたときにふらっとでも構いませんから――だから、いつでもまたこの家に帰って来なさい」

一瞬、ぼけっと口を半開きにしてしまった。

あの一から十まできちんとしないと気が済まないお母さんが、そんなことを言うなんて……自然と私の口角がにやりと上がってしまった。

「いやぁ、正直言うと遠くて大変なんだけどね。だけどそこまで言われたら、また来年もなんとか帰ってきますよ。お母さんたちがいる、この家にね」

にっかりと笑った私に、だけどお母さんは自分から言ったくせにいっさい目を合わせようとせずに私の横を通り過ぎ、そそくさと家の中へと戻る。

その仕草がどことなく照れているように見えたのは、たぶん気のせいじゃない。

すぐに変われる人なんていませんが――だけど、変わらない人だっていないわけでして。

まあ来年も帰ってくると宣言もしましたし、そのときにはお母さんと私の関係がどうなっているのか、今からちょっぴりだけ楽しみです。

11

「さてと」

送り火も焚《た》き終わってすっきりしたところで、私は縁側から立ち上がり踵を返す。

今日は一日何もしちゃいませんがそれでも汗はかいたので、風呂に入ってさっぱりしてから横になろうかな、なんて思っていたら、

「――ねぇ、お姉ちゃん。私さ、ちゃんと言ったよね」

縁側に座ったまま、ややうな垂れた姿勢の夜露が話しかけてきた。

私はピタリと足を止め、首だけでもってその場で振り返る。

夜露の背中から、なんだか不穏な気配が漂っていた。

「言った――ってなにを？」

訳もわからぬままに問い返すと、夜露の放つ剣呑な雰囲気がいっそう高まった。

「だからさ！　『たまに帰ってくるだけの人が家の中をひっかき回さないで』って、私は確かにそう言ったよねっ！」

「えっと……とりあえず、私なりにお母さんとは上手くやってるつもりだけど」

というかお祖母ちゃんの遺書のおかげか、私とお母さんの関係はいまだかつてないほ

ど良好な気がするんですけど。

「しらばっくれないでよ！　そうじゃなくて――なんで昨日まであったお祖母ちゃんの気配が今日になって急になくなっているのかって、私はそう言っているのっ!!」

――えっ？

「私はね、あの優しい気配が好きだったの！　姿は視えないけれど、でもお祖母ちゃんは仏壇の横にずっといてくれて、それだけで安らいでいたんだから！

どうしてもう家を出ていった人が、何の断りもなく勝手なことをするのよっ!!」

――え、えええぇぇっっ!?

立ち上がった夜露が、涙が滲《にじ》んだ目でもって私をキッと睨み付ける。

一方、その予想だにしていなかった言葉に、私は間抜けにもあんぐりと口を開けたまま、驚きの声すら出せずにその場で固まっていた。

三章

夕霞の里帰り　延長戦

1

衝撃だった送り盆の日から、三日後。

私はいまだに実家の居間で、自分で煎《い》れたお茶を啜《すす》っていた。

見上げた時計の針は八時四五分。平時ならそろそろ新橋駅からの全力ダッシュをかます時間なのですが、

「う〜ん、なんとも不思議」

ブラウスにスカートというういつもの出勤スタイルで、お茶を飲みながら始業時間を待つのは、新鮮というか斬新というか、もはや一周回って逆に落ち着きません。

とにかく消化予定だった休日を一日返上して、私は今日から通常勤務です。

なのになんでまだ実家にいるのかといえば、発端は昨日の午前中にまで遡ります。

移動時間を考えれば午後一には実家を出たいと思いつつも、どうすればお父さんからもらったお米を着替えの入ったキャリーケース内に限界まで詰められるのか、そんな答えのないパズルゲームに私が興じていたところ、電話が鳴りました。

液晶に表示された名前は、辻神課長。

私の上司様は基本的に業務のオンとオフにはうるさいので、そんな人が休みの日に電話をかけてくるからには何かあったな、と嫌でも想像がつきました。

「はい、朝霧です」

『あぁ、よかったぁ。すいませんね、朝霧さん。お休み中に電話をしてしまいまして』

「いや、それは別にいいんですけど……それよりも何かあったんですか？」

『それがですね、ちょっとばかり困った案件が入ってきまして。

——朝霧さん、まだご実家にいらっしゃいますよね？』

「はぁ……」

面倒な案件と私が実家にいることに何の関係があるのやら、と頭に疑問符を浮かべてみるも、まずはその話の先をうかがってみる。

どうやらことの発端は、夏季休暇前の気仙沼での案件なのだそうです。

かの分室の案件を解決したことを東北地方整備局さんが評価してくれたらしく、それは嬉《うれ》しいのですが、結果その話が上を経由し今度は東北運輸局の偉い方の耳へと入り「なんだよ、それなら整備局だけでなくうちが難儀しているあの案件も対応してくれよ」ってことになり、急ぎで受けざるを得ない流れで話が降りてきた、のだとか。

「——まぁ、わかりました。とにかく明後日には出勤する予定ですので、そうしたらもっと詳しく案件の場所や納期を聞かせていただけますか？」

『いや、そこが問題でしてね。実は朝霧さんにはそのままご実家に滞在した状態で、今回の案件に当たって欲しいと思っているんです』

「……はい？」

意味がわからず、電話口に向けて間抜けな声を返してしまいました。

「今回の案件の現地、私も資料を見て本当にびっくりしたのですがね、どうも朝霧さんのご実家とだいぶ近いみたいなんです」

続けて辻神課長の口から発せられた現地の町名に、思わずギョッとなってしまった。

正確には町の中心地からはちょっと離れた場所での案件らしいのですが、それでもその町までは実家の最寄り駅から僅か一駅。盛岡駅から帰ってくるとき、電車がなくて高速路線バスで降りたあの駅のある町です。

まあ町といえども商店街なんかはかなりのシャッター通りだったりもしますが、それでもうちの実家の半径一〇キロ圏内で考えたら一番大きな町ですよ。

いつもながら現地での交渉や調査がメインとなる案件であれば、確かにこれは一度都内に戻るのがばかばかしくなる距離。

「いや、事情はわかりましたけど。それでも出張で実家に宿泊とか、そんなグダグダ許されるんですか？　その辺りの線引きって出張規程的にいかがなもんなんでしょう」

『実を言いますとね、もう近くのホテルを探したあとなんですよ。聞けばその町は、現在大きなお祭りの期間中らしいじゃないですか。数軒あるホテルや旅館なんかはどこもかしこも満室だそうで、一部屋も空きが見つからなかったんです』

「あぁ……」

言われてみれば、あの町は確かにお祭りの時期でした。もう何年も帰ってきていなかったので、すっかり忘れてましたよ。

毎年お盆も終わってすぐのこの時期、駅前を中心として町を上げてのお祭りが行われるんでしたっけ。各町内ごとで華美を競った山車《だし》――この祭りでは屋台って呼ぶんですが、それを法被《はっぴ》姿のおじさんたちがせいやせいやと曳《ひ》いて市中を練り歩くのです。

なんでも文化財だとか文化遺産にもなっていて、他県からも多くの見物客が集まってくるので、ホテルの空きがないというのも納得しかありません。

『まぁ、ご実家に宿泊するのがどうしてもご不満なのであれば、テントを送りますのでそれを使ってその辺の道端で野宿という手も――』

「そんな手はどこにもありませんっ！」

……えらいことを言いかけましたよ、この上司様は。なにが悲しくて高校時代の知り合いなんかもいそうなかつての地元の町で、キャンプ生活をしなければならないのか。

――とまあ、そんな風にため息を吐《つ》いてはみたものの。

実のところ「これこそ渡りに舟っ！」と、私は思っていました。

本音を言えばこのまま実家を離れることに私は後ろめたさを感じていたのです。

原因は言わずもがな、夜露とのことです。

——私はね、あの優しい気配が好きだったの！　姿は視《み》えないけれど、でもお祖母《ばあ》ちゃんは仏壇の横にずっといてくれて、それだけで安らいでいたんだから！

察するに、夜露もお母さんがキライというわけではないのでしょうが、やっぱりキツイときはあるのでしょう。

子どもの顔を見れば、無理にでも苦言を呈して叱って来ようとする母親。私はその理由をもう知っていますが、それでもここ数日いただけで何度カチンときたことか。

そんなお母さんと一つ屋根の下、常にのらりくらりと揉《も》めないようにひょうひょうとし続けるのは、夜露にとってもかなりのストレスなのだと思いますよ。

だから我慢ができずに言い返しそうになったとき、たぶん夜露はあとからこっそり仏間に行ったりしていたのでしょう。そして姿は視えずとも、懐かしいお祖母ちゃんの気配に接しては気持ちを穏やかにさせていたに違いない。夜露にとってお祖母ちゃんの気配とは、無言ではあれど愚痴を聞いてくれるような、そんな存在だったのだと思う。

しかし夜露の心の拠《よ》り所《どころ》だったお祖母ちゃんの地縛霊《じばくれい》を、お祖母ちゃん本人のためとはいえども、私は幽冥界にご案内してしまった。知らぬうちに勝手なことをされた夜露としては、確かに文句の一つ二つも言いたくなるのも当然だろう。

結果として夜露は、家の中であからさまに私を避けている。

思い返せば、子どものときから「もう夜露とは口きかない！」とヘソを曲げるのはいつも私の方で、だけど夜露は私の気持ちなんて気にせずあっけらかんと翌朝には話しかけてきて、一晩寝てすっきりしている私もそれに普通に応じるのが常のことだった。

お互いにもう一緒に住んでいたときのような子どもではない、ということなのだろうけれども、一緒に住んでいないからこそ再会するまで数年かかることだってあり得る。

後顧の憂いというか、夜露と剣呑《けんのん》な関係のままの後腐ればかりを残して実家を後にするのはどうにもやるせない、そうと思っていたのだ。

出張中に実家での宿泊が許されるのであれば、私の胸を疼《うず》かせる妹との確執を解消するための、それはまたとない好機となる。

なので本音を言えば、私には辻神課長の言い分に異論なんて少しもなかった。

「わかりました。なら案件解決までの間、実家に泊まらせていただきます」

『そうですか、それはよかった』

なんて、どこかほっとしたような口調の辻神課長の背後辺りから、

『よし！　これで夕霞ちゃんの、宿泊費もクリア――』

という、百々目鬼《どどめき》さんの快哉《かいさい》が微《かす》かに聞こえた。

——そんな気もちょっとはしてましたよ。びっしり浮いた腕の目をご満悦そうに細め、うんうんと一人でうなずいている百々目鬼さんの姿が目に浮かびます。

というか、そこまでうちの課の懐事情は苦しいんですかね。今回の件は、ある意味でWin-Winですから別にいいんですけど。

なんやかんやと、実家に滞在しながら臨むこととなった東北運輸局からの案件。

だけど家や寝床の他に、私には別の不安要素が一つあった。

「あの……このままこっちで業務ということは、今回は私一人での対処ってことでしょうかね？」

これまで私が携わった案件は、基本的に火車先輩とのツーマンセル。

なんと申しますか、一緒にいるとイラッとさせられるし、ムカッとくることだって多い無神経なドラ猫先輩ですが……これがいざ一人きりで対処するのかと考えると途端に不安になってしまうので、我ながらなんとも情けないです。

『あぁ、それでしたら安心してください、火車をそっちに送りますから』

「ほんとですかっ⁉　それならこっちに来る予定時間を教えてください。私、駅まで迎えに行きますから」

『いやいや、その必要はありません。朝霧さんはこちらが指定した時間帯に、ちゃんとご実家で待機していてくだされば、それで十分ですから』

——と、まあそんな話がありまして、その指定時間帯というのがまさに今、お茶を啜って始業時間を待っているこのタイミングなわけですよ。

……って、待っていればいいって辻神課長は言ってましたが、周りは田んぼばかりで何の目印もないこの家まで火車先輩は本当にたどり着けるのでしょうか。

ちなみに昨日のうちにお母さんには事情を説明し「仕事の都合でもう少し滞在するよ」と伝えているので、私が居間にいるのは問題ないのですが……気になって壁にかかった時計を見上げてみれば、きっかりNHKがニュースを始める時間となっていました。

さすがにこの時間はヤバいよね、と他人事《ひとごと》ながら顔を青ざめさせていると、ドタバタと階段を駆け下りてくる音が家中に響き渡った。

「夕霞さん！　どうして私を起こしてくれなかったんですかっ!!」

居間でのんびりお茶を嗜《たしな》んでいた私を目にするなり、お母さんが八つ当たり気味に怒鳴りつけてくる。

「いや……どうしてもなにも、これまで朝に起こしたことなんてないでしょうが」

「それはそれ、これはこれです！　だからと言って、出勤時間過ぎても起きてこなければちゃんと起こしてくださいよっ！」

四十路《よそじ》も半ばを越えた母親が、ずり落ちかけている眼鏡《めがね》越しに涙目になっていた。

そのままドライヤーも使わず、水道水を掬《すく》っただけの手でピンと跳ねた寝癖を無理やりまっすぐにする。

「冷蔵庫の中のもの自由に使っていいですから、朝ごはんは自分で作ってください！」

と、少しだけ母親らしいことを口にするも、実際には廊下を走って柱に足の小指をぶつけ、口をへの字に結びながらぴょんぴょん跳ねて玄関を飛び出していった。

……なんか、鏡でも見させられたような気分なんですけど。

私と同じでお母さんも今日から仕事らしいのですが、寝坊するところなんて初めて見ましたよ。あのお祖母ちゃんの遺書を読んでから、なんとなくキツイ雰囲気が和らいだとは感じていたのですが……でも、緩み過ぎじゃないですかね？

お祖母ちゃん曰《いわ》く、だらしなかったお母さんの高校生時代ってのはあんな感じだったのでしょう。これはこれで子どもとしてはちょっとだけショックですよ。この場に夜露がいなかったのは、たぶんお母さんのためにも幸いです。

それにしても夜露のやつは、私が目を覚ましたときにはもうこの家のどこにもいませんでした。部屋を覗《のぞ》いてみたら制服がなかったので、たぶんまた部活に行ったのだとは思います。とはいえ夏休みなのにこうも毎日朝から出ていくとか、あいつの部活ってのはいったい何なのやら。

胸のモヤモヤを晴らす上で千載一遇の里帰り延長戦なのに、肝心の話をしようと思っていた妹が家にいないとか残念過ぎます。

ですがいないものはしょうがないので、仕事を終えた夜にでもなんとか捕まえて二人で話す機会を作りますか――と思っていたら、玄関からチャイムの音がした。

他人の家でも、玄関まではパブリックスペースという古い田舎《いなか》の概念がこの辺はまだ残っているので、呼び鈴を鳴らすのはまず近所の人じゃない。

ならば火車先輩かなと思いつつ、「は～い」と返事をして表に出てみれば、

「お届けものです。印鑑をいただけますか？」

玄関の外にいたのは作業着を着た配送業者さんでした。

印鑑を探しに行くのも面倒なので受領証にサインをしようとした瞬間、配送業者さんが片手に提げていた荷物が目に入り、私は反射的にぶっと噴き出してしまった。

「どうかしました？」

「あ、いえ……なんでもない、です」

ゲラゲラ笑ってしまいそうになるのを、不自然な無表情のままほっぺたを風船のように膨らましてかろうじて耐える。

それでもサインする手がぷるぷると震えるのは堪《こら》えきれず、古文書みたいな字がのたくった受領証を見て、配送業者のお兄さんが少しだけ眦《まなじり》をひくつかせる。

「……それじゃ、とにかくお渡ししましたので」

片手で口元を覆って笑いを堪え、もう片方の手で配送業者さんから取っ手のついたケ

ージを受け取る。

小走りで配送業者さんがトラックに戻るのを見届けてから玄関の戸を閉めると、既に限界だった私はその場でしゃがんで笑い転げた。

「ぶわはははははっっ!!」

誰かに聞かれたら間違いなく嫁のもらい手がなくなるだろう豪快な笑いを、腹の底から吐き出す。

我慢した分だけ止まらず大口を開け笑い続ける私を、上《あ》がり框《かまち》に置いたケージの中の猫──もとい、檻《おり》の中の懲りない火車先輩が、ギロリと睨《にら》みつけてきた。

「……いくらなんでも笑いすぎだ、バカたれがっ！」

「いや、その……ごめんなさ────がは、がはははっっ!!」

なんというか、完全にツボりましたよ。

ちんまりしたケージの中に収まった、ずんぐりした火車先輩。吊《つ》り上《あ》がった三白眼をどれだけ光らせようが、柵の中なので今だけはちっとも怖くありません。

「というか、なんで……こんな、方法……で……」

自分でも窒息死するんじゃないかと思うほどにこみ上げる笑いをひぃひぃと抑え、途切れ途切れながらもなんとか話しかける。

「いや気仙沼から帰るときに、忍び込んだ貨物列車が新潟経由だったせいでだいぶ新橋に戻るのが遅れてな。それを百々目鬼から責められて、この方法なら客室に乗れないワシでも無賃乗車にならず、かつ確実にたどり着けるからと……」

そう言ってケージの中でうな垂れた火車先輩にはどことなく哀愁があり、でもそれ以上に——申し訳ないですが、もう笑えるほど面白いです。

とはいえこれ以上笑うのはさすがに本気で悪いと、全力で笑いを飲み込む。

「……これだからワシは、ケージはキライなのだ」

「まあ、そう言わずに。とりあえず私の実家にようこそ、火車先ぱっ——」

い、という発音が出るのを待てずに、再び我慢の限界が来て「ぶわははっ」と腹を抱えて笑ってしまう。

ちなみにこの後、居間で今回の案件の相談をしようとしたのですが、完全にヘソを曲げた火車先輩は三〇分ぐらいは口を利いてくれませんでした。

2

盛りは過ぎたとはいえ、それでもまだまだうだるように暑いお盆過ぎの真昼どき。

ぎらぎらした太陽が遠慮なく照りつける登りの山道を、私はサドルから腰を上げた姿勢でもって自転車を漕《こ》いでいた。

暑さと日頃の運動不足のダブルパンチでもって既に額からは汗がだくだく、ふくらはぎだって早くもパンパンです。

おまけに「四五度ぐらいあるんじゃないの？」とぼやきたくなるほどの上り坂は、舗装された地面の熱のせいで遠くがもわりと歪《ゆが》んで見え、まだまだここから町まで何キロも漕がなくちゃならない私の心をバキバキと折ってきます。

さすがに他人の不幸を笑い過ぎたかな、とやや反省していたところ、即座に天罰覿面《てきめん》です。この炎天下での自転車漕ぎとか、これはもう新手の拷問なんじゃないですかね？

ちなみに私に不幸を笑われた火車先輩は、まだまだおむずかりでして、

「ほれ、こんな速度じゃ現場に着く頃には日が暮れておるぞ」

なんて、前籠に入れたリュックから首だけ出し、鞭打《むちう》つようにイヤミを言ってくる。

さすがに言い返したくもなりますが、今は口を開くだけの体力がもったいないので、歯を食い縛ったままペダルを漕ぎ続けます。

今回の案件の現地である実家から一番近い町ですが、いくら近いとはいえそこは田舎の距離感でして、実際には一〇キロ弱は離れています。直線距離で一〇キロといったら、要町《かなめちょう》にある私のアパートから新橋分庁舎まで、もはや毎朝通勤している距離とほぼ同じですよ。

帰省初日の晩は実家のお風呂に入って寝るだけと思っていたので、頑張って歩いて帰

りました。

が、これが業務で向かうためとなれば、さすがに歩くのは勘弁してほしい。片道どんなに頑張っても二時間、往復だけで四時間も歩いたらもはや仕事になりません。

とはいえ私の愛する幽冥推進課の公用車様は、今頃たぶん新橋の立体駐車場の中でお休み中です。なのでやむなく実家の車を借りようかとも思いましたが、二台ある車はそれぞれお父さんとお母さんが仕事で使っていました。

そこで納屋から出してきたのが、高校時代に使っていたこのママチャリ号です。

当時の私はこのポンコツでどこまでも走って行ったわけで、車じゃなくたってあの町ぐらいまでなら今だって楽勝と思ったわけですが——昔は若かった。

かつては田舎娘だった私も、今やスタイリッシュに都内での一人暮らしを決める都心女子。……まあ築年数が私より先輩で、兎小屋《うさぎごや》ともいい勝負な四畳半の住まいですが。

とにかく今の私の運動といったら、遅刻か否かを賭けた駅までの全力ダッシュと満員電車の中で潰されないように必死で足を突っ張るぐらい。そんな日々の生活でだらけきった現在の私には、登って降りてのこの山道がほんとえげつないのです。

さらには長年納屋に放置されていたせいで自転車のチェーンは錆《さ》び、タイヤの空気も足りず、おまけに前籠に納まったムチムチな火車先輩も重い。

……あぁ、もう！　車ありがたいし、平坦《へいたん》な道路も懐かしい！　田舎嫌いっ！

あの坂さえ越えれば、そこはきっと——なんて自分を誤魔化し気力を奮い立たせようとしてみますが、悲しいかな、ここは私の地元です。この辺がどこで、まだどれぐらいの距離を漕がなきゃならないのかすぐにピンと来てしまい、もはや絶望しかありません。

まだまだ続く坂道の一つをいったん登り切ったところで心が挫《くじ》けた私は、悲鳴にも似た軋《きし》み音を出すブレーキを握って自転車を停《と》めた。

「あの……少し、休みません？」

「なんだ、もうへばったのか？　まぁ仕方がない、水分補給は大事だからな」

ぜいぜいと激しく肩で息をする私に、火車先輩がリュックの中に入れておいた水筒を差し出してくる。

とりあえず歩道の端に自転車のスタンドを立て、火車先輩から水筒を受け取った私は車道との間の縁石の上に腰掛けた。

僅かにひんやりする水筒に頬ずりしたくなる衝動を抑え、私は蓋を開けるなり、実家の冷蔵庫から失敬してきた清涼飲料水をごくごくと喉の奥へと流し込んだ。

「ぷはぁ………生きてますわぁ」

ぎらつく夏の日差しの中、身体《からだ》を動かし汗だくになりながら飲む清涼飲料水は、クーラーが効いた自宅で飲む発泡酒よりも格段に美味《うま》いです。

逆さにした水筒から垂れてきた最後の数滴を舌で受け止めてから、人心地ついた私は肩の関節が抜けるんじゃないかと思うほどにガクンと頭を垂らし、「はぁぁ」と大きなため息を吐いた。

リュックから出てきた火車先輩が、工事現場のおじさんみたいな私の仕草に苦笑を浮かべて隣に座ったので、る休憩ついでに気になっていたことを訊《たず》ねてみた。

「ねぇ、火車先輩。今回の案件である幽霊バスの件ですが、あれの正体っていったい何だと思います？」

とりあえず――火車先輩が実家に到着する前にメールで百々目鬼さんから資料が届いていたので、案件のあらましは既に確認しています。その内容を見るに、今回の案件の交渉相手はまさに〝幽霊バス〟とでも称すべき相手なのですよ。

ことが発覚したのは、地元住人から役場に入った一本の問い合わせ電話だそうです。

『廃止したと聞いとったが、あの路線バスはまた走るようになったんですかいね？』

その電話を受けた担当者が詳しく話を聞いてみれば、どうやら車が壊れて町にまで歩いて買い物に出たさい、廃線となった路線バスの停留所で小休止していたら、かつて走っていたのと同じ形のバスがいつのまにか目の前に停まっていたのだとか。

びっくりしているうちにバスはドアを閉めて走り去ってしまったそうなのですが、回送でない証拠にお客さんも乗っていたのが窓から見えたらしく、再開していたのならなんで教えてくれなかったのかと、そういう話だったそうなのです。

それを聞いて、役場の担当者の方はさーっと顔を青ざめさせたそうでして――といっても、最初から心霊現象と決めつけて血の気を引かせたわけではありません。

そもそもバス事業というのは各地の運輸局が申請を受理して初めて運行が認められるもので、それを守らなかった場合は道路運送法違反となり、運行している法人には行政指導や行政処分を課さねばならない。

調べてすぐにわかったそうですが、やっぱり問題の路線バスは廃止届けが受理されたままで、再申請などはいっさいなされていなかったそうです。

本当に無申請の〝幽霊バス〟が公道を走っていれば、これは監督責任を問われる可能性もある問題であり、なによりも事故があってからでは全てが遅いと、すぐに東北運輸局に連絡がいき調査が始めまったそうなのですが――結果、そんなバスなんてどこの運行会社も走らせていなかったことが判明したのです。

にもかかわらず、その後も地域住民からは思い出したように「あの路線にバスを走らせているのなら、ちゃんと教えてくださいよ」といった内容の問い合わせが入ってくるらしく、その度に調査はするのですがどうにも影も形も見当たらない。

そのうちに、妙な噂《うわさ》が地元で囁《ささや》かれ始めるわけです。

『あの停留所には、この世のものではないバスがやってくるらしいぞ』と。

先にも申しましたようにバスというのは国土交通省内の一組織である運輸局の管理。

無申請バスが法令違反である以上は、国の組織としてしっかりした対応をしなければならない。だけどもし本当に実体が存在しないバスが走っていたら、こりゃ手の打ちようがないぞ——と頭を抱えていたところ、気仙沼での私の対応の噂を聞いてこれだとばかりに依頼をしてきたようなのです。

まぁ、事情はおおむねわかったのですが。

「毎度思いますけど、幽冥推進課の職分は地縛霊様と交渉し、幽冥界へとご移転願うことですよね？　幽霊バスって、地縛霊なんですか？」

「おまえの言うこともわかるがな。しかし無許可のバスというのは、ときに報道されるほどの問題になることもある。実体があろうがなかろうが、事故防止の徹底を期する運輸局にとって管理外のバスが存在していれば放置できんのは確かだ。そして運輸局の問題ということは、国土交通省としての問題でもある」

「それはまあ、そうでしょうけど」

「それに調べてみるまでは、今回の案件に地縛霊が絡んでいないとも断言できん。何をおいても、まずは現地確認からだ」

やっぱり最後はその基本に立ち返るわけですか。

まあリモートだのテレワークだのがどれだけ推奨されようとも、それでも最後は人の目と手による現地の確認が必要だというのは、不便なようでいて案外に安心できる真理であるような気もします。

そんなことを考えながら、確実に明日は筋肉痛に襲われるだろう両足を伸ばして揉んでいたら、一本まっすぐ延びた道の向こうから、屋根のついた不思議な形の車がやってくるのが見えました。

……なんだ、あれ。

強いて似ている車を挙げるなら霊柩車《れいきゅうしゃ》なのですが、近づいてきてようやくその正体がわかりました。どうやら車自体はどこにでもあるただの軽トラックで、でもその荷台に御神輿《おみこし》を積んでいるようです。そりゃ屋根があるようにも見えますわ。

わかってしまえばなんてことはなかった妙な車の正体ですが、はたと何か思い出したように火車先輩が口を開いた。

「そういえば、おまえの泊まるホテルがとれんかった理由は、地場の祭礼があるからという話だったたな。あれか、その祭礼の規模は大きいのか?」

「たぶんこの辺りでは一番大きいお祭りですよ。人が上に乗って演奏する絢爛豪華《けんらんごうか》な屋台が町中を練《ね》り廻《まわ》りましてね、遠くからもかなりの見物客がきます。私も子どもの頃は楽しみで、よく友達と見に行きました」

この場合の屋台というのは、祭りの晴れ舞台で氏子《うじこ》さんなんかが曳いて歩く、一般的に言うところの山車の類いのものです。

「ほぉ……だがおまえが楽しみだったのは、むしろ牛串を売っている露店の屋台のほうであろう？」

失敬な！　――とは思うものの、正解なので反論ができずごにょごにょしていると、例の御神輿を積んだ軽トラックがビューンと私たちの横を通り過ぎた。

瞬間、私の目が皿のように見開き、遠ざかる軽トラを首を回して追ってしまう。

「……あ、あれ？」

「ん？　どうした、何か見えたか？」

早くも豆粒のようになって坂道の向こうに消えていく軽トラを目で追ってから、私は瞼の裏に残った見間違いを払うように、首を左右に振った。

「あ、いえ……なんでもないです。そんなわけありませんから」

奥歯に物が挟まったような私の言い草に、火車先輩が怪訝《けげん》そうに眉を八の字にするが、

「いやほんと、火車先輩はもう全然、まったく気にしなくていいですから」

――なぜなら、それはあり得ないからだ。

だってあいつは、部活に行ったはずなのだから。

すれ違いざまに辛うじて読めた、軽トラの側面に書かれていた地元の商工会の名前。

その軽トラの助手席に乗って、運転席の男性と談笑していた制服姿の女子――それが私の妹である、夜露のはずがなかった。

3

——その日、都内の不動産会社に勤める自分は今日中に仕上げなければならない仕事が重なったせいで、遅くまで残業をしなければなりませんでした。

気がつけば夜の一〇時過ぎ。自分の家は郊外にあるため、バスの時間を考えると帰宅するにはもう限界でした。急いでオフィスを飛び出し、へとへとになりながらもなんとか地元の駅までは帰り着けたのですが、途中で電車が遅れたこともあって、タッチの差で最終バスは逃してしまいました。

しまった、と思ったときにはもう遅く、タクシーを呼ぼうにも財布の中身はいささか心許《こころもと》ない。

「……しょうがない、歩くか」

そうぼやき、バスでも二〇分はかかる自宅までの道を、とぼとぼ歩き始めました。

終電も終バスも過ぎた時間のため、往来に人の姿はありません。

僅かな街路灯の灯りだけを頼りにしばらく歩き続けていると、少し先の停留所にバスが停まっていました。

辺りを埋める静かな宵闇の中、くすんだ蛍光灯によってぼんやり浮かび上がったバスの車内は、遠目でもわかるほどに満員でした。そのためか、誰もがみな無表情で顔を伏せています。

　終バス後にあるなんて、あれは臨時バスなんだろうか……そんな疑問を感じつつも、それでもこの僥倖《ぎようこう》に自分は小走りで停留所へと向かいました。

　アイドリングで小刻みに揺れたバスの後部ドアの前に立つなり、プシューと空気の抜ける音がして私を迎え入れてくれるようにドアが開きました。

　途端に、夏の夜だというのに身震いをしそうになるほどの冷気が、バスの中から漂ってきたのです。いくら冷房を効かせていてもさすがにこれは寒すぎだと思いたじろいでいたら、ふと異様な気配を感じました。

　座席はおろか吊革《つりかわ》すら余っていないほどに満員の客が、全員そろって死人のような表情のない顔と生気のない虚《うつ》ろな目でもってバスに乗り込もうとしている自分をじっと見ていたのです。

　――このバスに乗っちゃいけない。

　急に湧き上がったそんな直感に従い足を前に出すことを躊躇《ちゆうちよ》していると、ブーというブザー音とともに目の前でバタンとドアが閉じました。

　人の唸《うな》り声《ごえ》のような低いエンジン音を上げて、バスが滑るように走っていきます。

　せっかくの臨時バスを逃してしまったのに自分はなぜかホッとしていて、停留所に立ち尽くしたままバスを見送っていると――

『火葬場経由　墓場行き』

夜の闇の中へとバスが消えていく直前、後部の電光掲示板に表示されていたその文字が目に入り、全身の血の気がさーっと引くのを感じました。

……どうやら自分は、とんでもないところに連れていかれるのを、ギリギリのところで免れたようです。

――なんてね。

今回の案件の資料を読んで、子どもの頃にテレビで見て寝られなくなってしまったこんな怪談を思い出したりもしましたが、そこはそれです。田舎を舐《な》めてはいけません。

「……やっぱり」

錆《さび》が浮いてほとんど茶色になった金属製の時刻表、そこに印字された時刻は九時台と一四時台の二つだけです。つまりこの路線のかつての終バスの時刻は、夕暮れどころかまだお天道様も傾いていない昼下がりだったわけですよ。

「う～ん、終バスがおやつどきより早いのでは、幽霊バスもさぞや無念でしょうね」

その分、私は怖くなくなるのでいっこうに構いませんが。

「何をくだらんことを言っておるんだ、おまえは」

既にリュックから抜け出し、その辺をちょこまか歩いてめぼしいものを探していた火車先輩が呆《あき》れ顔を私に向けた。

「冗談はともかく、とりあえずこれって、取り壊しておかなくていいんですかね？」

「業績不振で廃止となった路線だからな、運行会社も予算がとれんのだろうよ」

——実家から自転車をギコギコ漕ぎ続けること、約一時間。

ようやく辿《たど》り着《つ》いた問題の幽霊バスが停まる停留所は、町の中心部からもそれなりに離れた山の麓にある上に、かなりボロボロの状態でした。

都内の停留所なんかで主流のアーチ型の屋根などはなく、ここの停留所にあるのは三面を木造の壁で囲った上に屋根をつけたような小屋です。その壁には今や貴重な昭和風味の蚊取り線香の看板なんかが撤去されることなく張られていて、ノスタルジックな雰囲気を醸《かも》してはいるものの、壁もベンチもコケやカビで黒ずみ、おまけに柱は僅かに傾いているようにも見えます。

そんな朽ちた停留所の小屋の横には、丸いコンクリの重しに金属の柱を差した時刻表が立っていて、さっき見た運行時間の上には『廃止のお知らせ』という題目のパウチされた紙が貼られていた。

ついでにこの停留所の隣には、広めの駐車場を持った建物があるのですが、角が割れたネオン看板の文字を見る限り、どうやらドライブインを兼ねた喫茶店のようです。とはいえそれはもう過去のこと、看板が割れているように飾り窓に嵌《は》まっていたガラスも割れ、赤みの名残りがある屋根は板ごと剝がれ、既にただの廃墟《はいきょ》と化していますよ。

なんというか以前はそれなりに趣があった場所なのでしょうがね、今はもう二つセットで、いつ幽霊バスが出てきても納得なおどろおどろしい雰囲気が漂っています。

百々目鬼さんから送られた資料では、このバス路線はここから少し離れた駅と、まだだいぶ距離のある温泉地、さらにはその先の名の知れた湖の景勝地までを結んでいたもので、かつてはかなりの人が利用をしていたそうです。きっと当時はこの喫茶店も休憩や待ち合わせ、時間調整なんかをする人たちでさぞや賑《にぎ》わっていたことでしょう。

しかし悲しいかな、そこは時代の流れです。

観光地の多様化と各地でのレジャー施設の増加のため、この地の先にある湖や温泉を訪れる人自体が減っていき、人が来ないからバスの本数も減らして、バスの本数が少ないからさらに人も来なくなり、そして最後は路線そのものが廃止となってしまう。

多少なりとも過疎が絡む案件では、いつもこの負のスパイラルに陥っている気がするのが辛《つら》いところです。

「毎度ながら、おまえがうな垂れたところで過疎問題はどうにもならん。そんなことよりも、今は目の前の案件のことを考えろ」

ごもっともな火車先輩のお言葉に、とりあえずは気持ちを入れ替える。

「とすれば、これから具体的にはどうしましょうかね」

「まぁ……とりあえずは、待つしかなかろうな」

うーん、やっぱりそうですよね。

これが普段の案件なら、現地に行けばそこに地縛霊様がいて「あらあら、まあまあ」とお互い自己紹介しつつなんやかんやと始まるのですが、今回の相手は幽霊バスです。古今東西、バスというのは停留所に到着するまで、じっと待つものですよ。

資料を読み直してみても、役場に幽霊バスの問い合わせをしてきた人たちは全員がこの付近の住人です。しかも何かしらの理由でこの停留所で休んでいたところにバスがやって来た、というのが共通点でして、だとすれば私と火車先輩が今すべきことも例に倣ってここでじっと休んでバスを待つことかと思います。

それはわかっているのですが――でもまぁ、そのバスが来ない、来ない。

歩道に立って左右をキョロキョロと確認しながら待つこと、小一時間。路線バスどころか、普通車ですら一〇分に一台ぐらいしか通りませんよ。

ただ立っているだけとはいえ、いつ出てくるかわからないモノを待つのはそれなりに疲弊するわけで、自転車を漕ぎまくった疲労も合わさり私はもうへろへろです。

こりゃ限界ですわと、停留所の小屋に入ってベンチに腰掛けようとするも、

「んげっ……」

暗い小屋の中に置かれていたベンチは、座面がコケとカビでぬめって黒く変色し、ところどころが割れた上にささくれてもいました。

さすがの火車先輩もベンチはさけ、その下のコンクリの上に直接丸くなっています。というかこの毛玉先輩、今は業務中なのにいつのまにか寝ていやがりまして、早くも長期戦の気構えですよ。

とはいえ人間様である私は、汚れたベンチも地べたに直接も、どちらもリラックスできそうにない。何かないかと周囲を見渡せば、停留所の横に大きな石がありました。

地面から突き出た形状からしてたぶん七割ぐらいは地中に埋まっているように思えるので、実体は石じゃなくて岩なのかもしれませんが、それでも私の膝丈ぐらいまでの大きさなのでなんとか椅子の代わりになりそうです。

難点はとにかく固そうなことですが、それでも背に腹はかえられません。いい加減に足を休ませたい私は、スカートの裾を手で押さえてよっこいせと石の上に腰掛けた。

「いちちぃ」

パンプスを脱いで踵《かかと》をその上に置き、握っては開いてと固まっていた足の指の運動をしていたら、

『楽しかったんだ』

なんというか、すり切れかけたカセットテープを再生したような、そんな微かな声が私の鼓膜の内側に響いた。

突然のことに目をぱちくりさせ、辺りをキョロキョロと見回していると、

「おい、見ろっ！　夕霞」

火車先輩に促されるまでもなく、いきなり目前に出現したバスに度肝を抜かれた。

ドドドッと小刻みなアイドリング音を立てて、後部にあるスライド式のドアが開いた状態のまま、黄緑と白のちょっと古めかしいカラーリングの大型バスが、乗車待ちの態勢で停留所の前に停車していた。おまけに窓から見える車内の様子は満員状態。

待っていたとはいえ、あまりにも唐突なことで絶句したまま生唾を飲んでしまう。

すると火車先輩以外には誰もいなかったはずの停留所の中から、急にチューリップハットを被《かぶ》った小学生ぐらいの男の子と、その子と左右で手を繋《つな》いだ両親らしき組み合わせの三人組が、脈絡もなくすーっと出てきた。

「うげっ！」

ギョッとして変な悲鳴をあげてしまうも、そんな声なんてまるで聞こえていないかのように親子づれは石に座ったままの私の横を通り過ぎ、開いたままのバスの後部ドアの向こうへと談笑しながら消えていった。

「……なに、今の」

心の声がぽろりと口から漏れ出るも、

『ねぇ、もうバス来てるよ！　早くっ！』

ゆっくり驚いている暇すらない。親子づれが幽霊バスの中に消えたと思ったら、今度は喫茶店の廃屋の玄関から若い男女の二人組が駆け出してきた。

男性の髪は肩までの長髪で、女性の髪はやや内巻きにしたミディアムショート。なんでしょう……いうなればレコードジャケットに印刷された写真のごとくレトロな雰囲気の二人が、これまた私の前を通ってバスの中へと消えていく。

その直後に、ビーというブザー音が鳴った。

続いてシューという空気が抜けるような音がし、滑らかとはとても言い難いギコバタした動きでもってバスの後部ドアが閉まる。

その様を、私も火車先輩もただただ眺めていることしかできなかった。

なんとなくだけど——直感でわかった。

あのバスは人が乗れる類いのものじゃない。今ここで動いてバスのドアを叩《たた》こうとしても、たぶん触れることすらできないだろう。

私と火車先輩だけを置き去りに、満員のバスが滑るように公道を走り出した。

窓の向こうに見える乗客たちはみんながみんな楽しそうに会話しているようで、それでいて誰一人として停留所に置いていかれる私たちを気にしていなかった。

バスの側面の電光掲示板に表示された行き先は、かつてここを走っていた路線バスの終点と同じ。今もある景勝地の方向へと遠ざかっていくバスのお尻を、私と火車先輩はただ見送る。

やがて停留所からだいぶ離れたところでバスの色が薄らぎ始めると、まるで空気の中へと溶け込むかのようにすーぅとそのまま消えてしまった。

幽霊バスが消えてからも、しばし火車先輩ともども言葉が出てこない。

頭の中がチカチカして、自分が視たモノが何だったのかまるで理解ができなかった。

そんな中でも浮かんできた私の中の感情はただ一つ——それは〝違和感〟だった。

たぶん生きてはいないだろう人たちを満載にしたまま、往来の途中でもっていずこかへと消えた、この世に存在していないはずの路線バス。そんな恐ろしいものを視たはずなのに、しかし私にはいっさいの恐怖心がなかった。

それどころかあの陰気でひやりとする、でも確かに人の気配も孕《はら》んだ霊気とでも称すべき地縛霊の気配を、今の私は微塵《みじん》も感じていなかったのだ。

強いていうならば幽霊バスに遭遇したというより、まるで色褪《いろあ》せた昔の映画を見せられたような、そんな気分だった。

わけがわからず呆然《ぼうぜん》としてしまいそうになるのを堪え、私はなんとか足下の火車先輩に向けて声を絞り出す。

「ねぇ、火車先輩――私たちは今、いったい何を視たんですか？」

「……いや、ワシの方がそれを聞きたいぐらいだ」

この手の話題ならなんでも答えてくれるはずの火車先輩が、今ばかりはまったく頼りになりませんでした。

4

予想案、その一。

「思うにですね、行楽に行こうとしていたバスが終点手前で湖に転落してしまい、目的地にたどり着けなかった乗客共々みんなして地縛霊になってしまった――とか」

過去にあった陰惨な事故によって、幽霊バスの乗客全員が地縛霊となっている説。

「何を言っておるんだ、おまえは。そんな大事故が起きていればまっさきに資料にも載るだろうし、なんでわざわざ廃線になってから出てくるのだ？　あり得ん話だろうが」

――はい、あっさり否定。

次いで予想案、その二です。

「ワシが思うにだな、怪しいのは人ではなくバス自体の方ではないかと思うのだ。

——おまえは朧車《おぼろぐるま》という妖怪を知っておるか？」

「出ましたね、『車』系シリーズ妖怪。コレクションNo.1は『火車』ですか？」

「やかましい！　要するにだ、あれは乗っていた人間たちの思いが染みついたバスの付《つく》喪神《もがみ》ではないかということだ。利用者に惜しまれつつも廃車となった古いバスが、自ら意思をもって廃線後も走っておるというのがワシの推測だ」

付喪神、すなわち火車先輩なんかと同じ妖怪ということらしい。

——ちなみにこれ、地縛霊じゃないので幽冥推進課の案件かどうかは微妙だったり。

「まあ、言わんとしていることはわかりますよ。でもバスの妖怪だとしたら、中に乗っていたあの乗客たちはいったい何なんですか？」

「……そこなのだ」

はい残念、これも却下です。

とまあ侃々諤々《かんかんがくがく》——他にも『運転手さんだけは地縛霊説』や『意表を突いて、本当に無申請で営業していた本物のバス説』なんてのも出ましたが、どれもこれも矛盾ばかりでお互いにちっとも納得がいかないのです。

その理由は単純明快。私も火車先輩も、地縛霊の気配なんて感じていないからです。

というか地縛霊だけじゃなく、霊や魑魅魍魎《ちみもうりょう》なんかをまるっと全て含めて、幽霊バスというよりもまるで幻覚でも見たような、そんな気分だったりするわけですよ。

とはいえただ呆然としていても案件は進展しない。なので解決の糸口を少しでも探るべく、ああでもないこうでもないと私と火車先輩は推論を交わしながら幽霊バスをもう一度待ち続けたのですが、これが待てど暮らせどいっこうに現れない。

そのうちに、とうとう日も暮れてしまいました。

まあお化けが現れる定番は夜ですが、昼日中に走っていったところを見ているので、あれが夜だけ現れる怪異でないのは間違いない。

議論をしていてあらためて実感しましたが、とにかく幽霊バスの正体を断ずるにはあまりに情報が足りません。そのため明日はこの廃路線を走らせていたバス営業所を訪ねてみようと決めたところで、とりあえず寝床である私の実家に帰ることにしました。

なるべく街灯の灯《とも》っている安全そうな道を選び、再び汗みずくとなって夜の坂道をギコギコと自転車のペダルを漕ぐ。

すると途中で、遠くの方から賑やかな祭り囃子《まつばやし》が聞こえてきました。

「ほぉ……宴《えん》ならぬ、祭りもたけなわ、といったところか？」

前籠に納まっていた火車先輩が、尖《とが》った耳をピクピクと動かしながら首を伸ばす。

「あぁ、そうですね。メインの屋台の曳き廻しは毎年日にちが決まっていて、確か今日と明日のはずでしたから、このぐらいの時間は盛り上がっていると思いますよ」

こうして楽しそうなお囃子を耳にすると、私にも少しは寄っていきたい気持ちが出てきますが、しかし私のか弱い太ももを襲う明日の筋肉痛に思いを馳《は》せると、一刻も早く実家に帰ってお風呂に浸かりたいという気持ちの方が強いのです。

帰ればきっとお母さんがお風呂を沸かしているに違いないと、それだけを心の支えに再び必死こいて自転車を漕ぎ、やっとこ家に帰り着いたときには時刻は一九時を過ぎた頃合いでした。

姿を見られると厄介なことになる火車先輩をリュックの中に引っ込ませてから、鍵のかかっていない玄関をガラガラと開け、

「……ただいまぁ」

「今、何時だと思っているんですかっ！」

お母さんの怒声に迎えられて、閉めかけた玄関に反射的に背中を張り付けてしまいました。勢い余ってリュックの中で潰れた火車先輩が、むぎゅっという小さな声をあげたのはご愛敬《あいきよう》。

その後に続くお母さんのお説教に耐えるべく、私はとっさに身構えるも――待て待て。一九時とか文句を言われるような非常識な時間じゃないじゃん、と気がつき、よくよく確認してみれば、怒られていたのは私ではなく――夜露でした。

私よりもちょい前に帰ってきたらしい制服姿の夜露が、玄関の正面にある階段前の廊下で、角を生やしたお母さんに捕まっていた。

「まったく、ちょっと甘い顔するとすぐこれです。あなたも来年には高三なんですよ。このぐらいの約束事が守れなくて、どうするんですか」

ネチネチしたその言い方に、横で聞いている私までげんなりするが、

「うるさいなぁ……私だって、たまには遅くなる日ぐらいあるんだよ」

つい目を瞠《みは》ってしまった。お母さんとぶつかることなく、のらりくらりとうまくやっていたあの夜露が、あからさまな渋面でもって正面から口答えをしたのだ。

これにはお母さんも驚き、口をあんぐり開いて言葉を失ってしまう。

でもすぐに顔を真っ赤にすると、お得意の豪快な雷を夜露に落とした。

「母親に向かってうるさいとは、なんですかっ!!　夜露さんはまだ高校生ですよ、決められた門限ぐらいはちゃんと守りなさい！」

……私が高校生のときにもあったなぁ、門限。確か私も一九時だったはずです。

というか社会人となった今では「一九時は、いくらなんでも早すぎじゃね？」とも思いますが、この辺は田んぼと畑ばかりで寄り道するところなんてまったくなかったので、それでも全然困らなかったというのが正直なところです。

だけど今は年に一度の夏祭りの期間。夜露だって部活で学校に行くからには、帰りがけにちょっと電車で足を伸ばしたりする友達同士の付き合いもあるでしょうよ。

とにかく今は口も利いてくれない夜露と絶賛喧嘩《けんか》中の私ですが、ここは今後の仲直り

を有利に運ぶためにも優しい姉が助け船を出してあげますか——なんて思っていたら、

「それなら明日にでも学校を辞めてくれれば、もう私に口出さなくなるんだねっ!!」

感情の迸《ほとばし》るままに放った夜露の怒声に、私もお母さんも表情が固まった。

特にお母さんの動揺は激しく、これまで優等生だったろう夜露の反抗に目がバシャバシャと泳ぐも、それでも威厳を保つべくかろうじて口元を引き結ぶ。

「な、何を馬鹿なことを言っているんですか。そんなことを勢いに任せて言い出すから、夜露さんはまだ子どもなんです。高校を辞めるとか……できるわけないじゃないですか」

「できるかできないかなんて、そんなの私の覚悟の問題だけだよねっ!」

もはや完全に売り言葉に買い言葉です。夜露とのこんなやりとりに慣れていないお母さんは、とんでもないことを言い出した娘をなんとか言い負かして宥《なだ》めようと考えるも、肩を震わせるだけで二の句が継げない様子だった。

これ以上は口論にならないとみた夜露が、刺すようにお母さんを凝視していた双眸《そうぼう》をくるりと回し、今度はその険の宿った瞳で玄関に立ち尽くす私を睨みつけてきた。

「お姉ちゃんもさ、もうこの家の人じゃないんだから、さっさと東京に帰ってよっ!!」

……いやはや、私にまで火の粉が飛んできましたよ。

でもまあ、同じ高校生ぐらいの頃ならいざ知らず、今の冷静じゃない夜露に正面から食ってかかられたって、すぐに頭に血を昇らせるほど私ももう子どもじゃない。

ですから逆に冷静な目でもってじっと夜露を見返してやると、当然ながらただの八つ当たりの自覚がある夜露は少しだけ気まずそうに目を伏せた。

苦々しげに舌を打ち、それから苛立《いらだ》ちを隠すことなくドスドスと音を立てて、私とお母さんをそのままに自分の部屋がある二階へと足早に消えていく。

「夜露さんっ!!」

遅れて階段の下からお母さんが呼ぶも、返ってきたのはわざとらしいほど大きな、夜露の部屋の戸が閉まる音だけだった。

お母さんが額に手を当てながら「はぁ……」と、大きなため息をこぼす。

それでもすぐに気を取り直し、やや疲れがうかがえる顔を私に向けた。

「おかえりなさい、夕霞さん。お仕事、おつかれさまでしたね。お風呂は沸かしてありますよ」

「あぁ……うん、ただいま」

と言いながら、私はようやく靴を脱いで玄関から廊下に上がる。

「……夜露が言うように、家を出た人間が口を挟むのは余計なことかもしれないけどさ、でも今日はお祭りの日だよ。こんな日ぐらいはちょっと門限を過ぎた程度は大目に見てあげてよ。あいつだって部活の友人なんかとの付き合いだってあるんだろうからさ」

「……あなたに言われなくてもわかっていますよ。鉄砲玉だった夕霞さんじゃあるまいし、夜露さんがたまに門限を破るぐらいなら、私だってここまでどうこう言いません」

あれ？　今しれっと母親にディスられたような……。

「けれども、今日の件はそれとはちょっと毛色が違うんです」

「違うって、なにが？」

その問いにお母さんは僅かに逡巡《しゅんじゅん》するも、しかし観念したようにすぐに口を開いた。

「実はですね、先日農協に夜露さんと同じ吹奏楽部のお子さんを持つ保護者の方がお見えになったんです。たまたま私が接客したのですが、そのとき世間話で『お互いこんな時期にまで子どもが部活だと、お弁当が大変ですよね』と言ったところ、不思議そうな顔をされたんですよ。それでわかったんですが、どうやら今年は地区大会で敗退したこともあって、吹奏楽部は夏休み中まるまるお休みらしいんです」

「え？　……いやいや、夜露はこないだからずっと部活に行っていたでしょ！　制服着て朝から出ていって、それで部活が休みとか、それって――」

とまで口にしてから、急に私の脳裏をよぎったのは今日の昼間のことだった。

神輿を積んだ商工会の軽トラの助手席に乗っていた、高校の制服姿の女子。

あれは見間違いじゃなく……やっぱり、夜露本人だったんじゃなかろうか？

「できるものならば、夜露さんには自分からちゃんと本当のことを言って欲しいと思っています。夜露さんのことですから、何か理由はあると思うんですよ」

一瞬、昼間見たかもしれない夜露のことを、お母さんに言おうとも考えた。

でも、やっぱりやめた。

言わずに嘘《うそ》を吐いているからには、夜露には夜露なりの理由があるのだろう。それをたまたま見かけた私が口にして、よりお母さんとの仲をややこしくしてしまったら、それこそ夜露が言っているように家の中をひっかき回しているだけになってしまう。

一介の高校生が、なんで地元商店街の商工会なんぞとつるんでいるのか。あいつのことだから、いかがわしい理由じゃないのは間違いないと思うけれども。

お母さんが、らしくもない寂しそうな顔をしていた。

というか――こんなに母親に心配させやがって、あの親不孝者め。

まぁ、私もちっとも人のことは言えない身ではあるんですけれどもね。

とにもかくにも昼間の件にしろ、お祖母ちゃんのことにしろ、どっちにしたってあの剣幕の夜露と今夜に話をするのは無理そうだった。

5

少しだけお昼どきを回ってしまった、晴れた昼下がり。

「いただきます」

私は住宅街の中にあった児童公園のベンチに座って、膝の上に置いた牛丼チェーンの名前が印字されたパックの蓋をとった。

同時に暴力的なまでに食欲をそそる匂いが私の鼻腔《びくう》を襲う。ほんのり甘そうだけど実はそんなに甘くはない、芳醇《ほうじゅん》な醤油《しょうゆ》の香り。

条件反射的にあふれてくる涎《よだれ》を拭い、私は〝ごはん七対お肉三〟にした一口を箸ですくって、それを口の中に放り込んだ。途端に頬の内側でほろほろとお米がほどけ、絡んでいたタレが舌の上に広がる。そして直後にやってくる、程よい噛《か》み応えの柔らかい牛肉のお味。

あぁ——日本の物流、万歳。

私が今いるのは、実家がある鹿角市からは電車に乗って約一時間の、隣の大館《おおだて》市です。今日もお祭りをしている地元の町よりずっと栄えた街なのですが、それでもちょっと都会とは呼びにくい規模の街。

にもかかわらずこの街にも私の大好きな牛丼チェーン店があって、東京で食べるのとまるっきり同じ味を全国均一で味わえてしまうのですから、各地の運輸局の方々や整備局、延《ひ》いては数多《あまた》の運輸会社様方には心から厚く御礼申し上げます。

感謝の念に堪えずつい牛丼様に向かって合掌していると、同じベンチの隣で前足を揃《そろ》えた姿勢で座っていた火車先輩が呆れたように髭《ひげ》を揺らした。

「ったく、幸せそうな顔して食いおって……おまえには、悩みはないのか？」

「失礼な、私にだって悩みぐらいちゃんとありますっ！」

「ほぉ、例えば？」

「そうですね……実は私が通っていた高校ってこの町にあるんですが、学校帰りにお腹《なか》が空《す》いて耐えられなくなると、いつもこの牛丼を買ってきたお店に寄っていたんですよ。当時は高校生でしたので『大人になって自分で稼ぐようになったら毎日特盛を食べてやろう』って思いつつも並盛で我慢していました。

　でもね、どうしてなんでしょうね？　私は大人になって自分でお金を稼ぐようになりましたが、今でも財布の中身を見ながらいつも並盛を頼んでいるんですよね……」

　火車先輩が、ドン引いた目をしながら鼻筋をひくつかせる。

　――まあ、そんな夢も希望もない話はよいしょと横においといて。

　悩みどうこうに関しての、火車先輩の言いたいところの意味はわかっています。

　私と火車先輩は昨日協議して百々目鬼さんにアポをとってもらい、今日の午前中に、例の廃路線を運行していたバス会社の営業所に行ってきたのです。

　それでもって、あらかじめ辻神課長を経由しメールしておいてもらった質問への回答というのが、

「——ええと、まずは『乗員を乗せた状態で、死亡事故を起こしたことがありますか』

という質問ですけれど、これはもう断固としてありません。調べてもらっても構いませ

んが、もしそんなことがあれば必ず記録に残っていますし、当たり前ながら大ニュース

にもなるでしょうからこの狭い田舎町なら知らない人はいませんよ」

……ごもっともで。

「それと『廃路線となったときに、廃棄をした車両はございますか』との質問に関して

はですね、念のためにさきほど照合いたしました。あの路線で使用していた車両で廃車

にしているものは一台もないですね。どこもそうでしょうが、うちだって楽じゃないん

です。どんどん路線が縮小されている今、新車を買う余裕なんてありません。オーバー

ホールとメンテを繰り返して、誤魔化し誤魔化しで使っているのが実情ですよ」

とまあ——一事が万事、こんなやりとりだったわけでして。

要はあの幽霊バスの正体を探る上でのヒントになる事象を聞きだせればと思っていた

のですが、結果はほとんど収穫なしでした。

せいぜいわかったことといえば、私の乗員全員とも地縛霊説や火車先輩の付喪神説が

完全に間違っていたと、そう判明したぐらいなものです。

あの路線が廃止されたときに担当していた運転手さんも全員がご壮健だそうで、それ

は喜ばしいことなんですけれども、一方で私と火車先輩の疑問は深まるばかりですよ。

まったく霊の気配を感じさせなかった幽霊バス――正直、今回の営業所訪問に過度な期待はしていませんでしたが、それでもいっさい手がかりなしというのは何の道具も持たずに無人島に放り出されたような気分になります。

「――昔はね、あの路線はうちの会社としてもドル箱だったんです。他県から来るいろんなお客さんが利用してくださいましてね。私も運転手として、あの路線を担当していたこともあるんですよ。当時はほんとに盛況な路線でしてね。乗ってくる人たちも行楽に行くせいかみんな楽しそうで、運転している私まで気持ちが弾んでましたよ」

あの廃路線に関わる話をなんでもいいから聞かせてくださいと、最後は藁《わら》をもつかむ気持ちでした私の質問に、営業所の責任者さんが懐かしそうに答えてくれたのがやけに印象に残りました。

とはいえ事態は早くも手詰まり。確かに幽霊バスの存在は確認できましたが、ここからどうアプローチしていいかが、私だけでなく火車先輩でさえもわからないのです。

「やはり、これはうちの案件ではないのかもしれんなぁ」

幽冥推進課はあくまでも国土に不法滞在する地縛霊様と交渉し、幽冥界へのご移転をお願いしていく部署。

ですが今回、あの幽霊バスからは肝心の地縛霊の気配がしないのです。しかも相手は人なのかバスなのかすらわからず、そんな相手にどう交渉すればいいのやら。

考えながら牛丼を食べ終えた私は、空になったパックの上に箸を置く。

「とりあえず現場は基本。これからもう一度、例の停留所に行ってみますか？」

「そうだな、できればもう一回ぐらいはあの幽霊バスを確認しておきたいな。それでもってもしダメそうなら……」

――辻神に相談して、案件自体を差し戻してもらうか？

そう続くはずの言葉を火車先輩が濁す。想いは私も同じで、できればあまりたらい回しはしたくはありませんが、それでも対処できないと判断したときはしかたがない。

とにもかくにも今回の怪異に地縛霊は絡んでいるのか、いないのか、どちらであってもその確証だけはとっておきたかった。

6

バス営業所のある大館市から、二両編成の電車でガタゴトと揺られること小一時間。山間《やまあい》を抜けてようやく私の地元たる鹿角市にまで戻ってきました。

昨日は実家から自転車で現地の停留所まで行きましたが、今現在は電車。なので実家の最寄りとなる無人駅はそのままスルーして、隣の町まで電車で移動します。

地図を見る限りでは、例の幽霊バスが現れる停留所まで駅からもそれなりの距離があるのですが、それでも実家に戻って自転車ギコギコするよりも歩いた方がましです。というか、太ももが完全に筋肉痛なので二日連続はさすがに勘弁してください。

前払いがお財布的にきついですが、ここは駅前でタクシーを捕まえて――なんて思いつつ、火車先輩の納まったリュックを背負ったまま改札を通り抜けると、

「あぁ……そうでしたぁ」

駅舎の外、ロータリーを兼ねた駅前広場を囲むように人だかりができていました。

まもなく夕暮れとなる時間帯、すっかり忘れていましたが今日は祭りの最終日でして、まさにここからがクライマックスです。市中を練り廻った屋台がここの駅前広場に集まってくるため、いい場所で見物をしようと陣取る方がわんさといたわけですよ。

というか、どこからこんだけの人が集まってくるのか。近隣のホテルが全部埋まっていた、という辻神課長の話も納得です。

この年に一度の最大の人出を利用するべく、駅近の空き地には商工会のものらしき露店のテントが建っていて、鮎《あゆ》の塩焼きや甘酒なんぞも売っています。

さらにその隣には『廃路線再開のため、路線バス助成金の増額を！』なんて書かれた白地に赤文字の幟《のぼり》が風に靡《なび》いていて、なんというかちょっとしたカオスです。

ちなみに幟の近くには長机が置かれてあり、どうやら街頭にて自治体に提出するための署名を集めているようです。

廃路線という個人的にタイムリーな話題に、腕を組み「う〜ん」と唸ってしまう。無くなってしまった——亡くなってしまった、路線バス。

もし路線自体に人格というか魂のようなものがあれば、あんな風に復活を熱望されたら嬉しくて化けて出るような、そんなことだってあるのかもしれません。まあ帰りがけに余裕があれば、一つ署名に協力してみますかね。

とにかくこんな状況ですので、タクシーが駅前で待機しているわけもなく、やむなく人混みをかき分けて徒歩で停留所まで向かうことにしました。

なんというか気仙沼の案件以降、どうにも足回りの運が壊滅的な気がしますよ。新橋に戻ったら、愛《いと》しの公用車様のハンドルに頬ずりしちゃいそうです。

祭り見物に向かう人の流れとは逆の方向へと、筋肉痛で涙目になりそうな太ももでってひいこら歩いていく。途中、登り道で限界がきて、せめてクーラーの効いたバスとか走ってないかな、なんて思ったりもしましたが、そもそもそのバスが廃止になっているので今回の案件があるんでした。

やがてすれ違う浴衣《ゆかた》姿の人もいなくなり、ようやく廃喫茶店の隣にある例の朽ちた停留所にまで辿り着くと、リュックの中から火車先輩がポンと飛び出してきた。

「さて、どうするよ、夕霞。とりあえず、また出るまで待つか」

「待つのはいいんですけど、少し休みましょうよ。昨日は自転車で今日は歩き、前篭やリュックに入っているだけの先輩はいいですけど、私はもう限界です」

ふひぃと息を吐きつつ、日陰である停留所の小屋の中へと足が吸い込まれていく。

そのままドスンとベンチに腰を下ろそうとして――それで思い出しました。

コケとカビでぬるぬるした上に、木片がささくれて尖ったここのベンチに腰掛けたら、お尻が大変なことになってしまうんでしたよ。

それでもいいからもう休んじゃいなよ、なんて悪魔の声が一瞬聞こえますが、そこは女子としての最後の矜持《きょうじ》でこらえます。さすがにお尻の汚れたタイトスカートで駅まで戻るのは恥ずかし過ぎますって。

「……しゃーない」

傾きつつもまだまだ日差しのきつい日なたに戻ると、私は昨日と同じく、停留所の横の地面からちょんと突き出た石の上へと腰掛けた。

疲れ切って両肩を垂らし、もうこのまま溶けちゃおうかな――なんて思っていたら、

『楽しかったんだ』

突然に、またあの声が聞こえた。

「――えっ？」

そして、あまりのことに息を呑んでしまう。

目の前にまた、何の脈絡もなくあの幽霊バスが出現していた。

しかも昨日と寸分も違《たが》わず同じ場所でもって、同じようにアイドリングをしている。

ひゅーどろどろと生暖かい風が吹くこともなければ、公道を向こうから走ってくるわけでもなく、本当に唐突にそこに現れていた。

次いで、昨日と同じように両親と手を繋いだ親子三人組が停留所の中から出てくる。

親子づれはやはり笑いながら、昨日と同じくバスの後部ドアの奥へと消えていった。

——なんだ、これ。

私の記憶が確かなら、いまの親子の動きは昨日のそれとまったく同じだった。

むしろ同じというよりも、まるっきりの再現のように思える。

だとしたらこの後は、

『ねぇ、もうバス来てるよ！　早くっ！』

案の定、事前に予測し首を向けていた廃喫茶店の中から、昨日とまったく同じレトロな雰囲気のカップルが走ってきてバスに駆け込む。

ブザー音とともにバスの後部ドアが閉まり、アイドリングの音が消えるとともにバスがゆっくりと走り出し、そして再び中空へと溶けるようにしてふっと消えた。

これまた同じ。全てが同じ。

「……おまえ、何をした？」

どうしていいかがわからず、ただその場でもって中腰で固まっていた私の足下に、目を丸くした火車先輩が寄ってくる。

「いや、何をと言われても、昨日同様に疲れたからこの石に座ったぐらいでして――」

口にした瞬間――私と火車先輩は、ともに雷に打たれたかのように目を見開き、お互いの顔を見合わせた。

「おい、夕霞っ！」

「ええ、わかってます！」

すぐ横の停留所の中からいなかったはずの親子組が出てきたから、より鮮明に覚えている。昨日も今もバスが現れたのは、疲れた私が石に腰掛けた直後だ。

中腰にしていたお尻を、私は体重をかけて再び石の上へと載せる。

「あぁ……やっぱり」

――予想通りに三度《みたび》、幽霊バスが私たちの目の前へと音もなく現れた。

そしてまた例の一連の動きが始まる。

停留所から出てきた親子づれは笑いながらバスに乗り、喫茶店からはカップルが走ってくる。それでもって満員のバスが走り出してから消えて、それで確信した。

トリガーは、私がこの石に座ること。

……いや、そうとは限らないのか。単純に検証しているのが私なだけであって、きっと他の人でも構わない。むしろ資料を思い出せばその方が自然で、つまるところこれは、この停留所で誰かが休もうとしてこの石に腰掛けると始まる怪異なのだ。

しかも視えるのは寸分違わず同じモノ。

最初に〝まるで色褪せた昔の映画を見せられたような〟と思ったが、あながち間違いではなくこれは動画再生のような、そういう類いの怪異なのだと思います。

「なんですか、これは……」

「――石の記憶だ」

「へっ？」

自然と口からこぼれた疑問にもかかわらず火車先輩から答えが返ってきて、思わず間の抜けた声をあげてしまった。

「ようやくわかったぞ。幽霊バスの正体はな、今おまえが腰をかけているその石が記憶していた映像だ」

「いや、石の記憶って……何をおかしなことを言っているんですか、火車先輩」

「なんだおまえ、今さら石の記憶ごときで驚いておるのか？」

「驚くもなにも石ですよ、石。石に記憶なんかあるわけないじゃないですか、頭はだいじょうぶですか？」

「だいじょうぶか、と問いたいのはワシの方だ。毎朝苛つきながらおまえがペシリと叩いておる、新橋分庁舎のロビーに置かれたあれはなんだと思っておるのだ？」

「……あっ」

とある案件以降ロビーに置かれることになった、通りすがる人に「おぶって」と訴えては背負う人を押し潰すオッパショ石——あらため、私に怒鳴られてからは人の顔を見てシクシクと泣くだけになってしまった、失礼極まる夜泣き石。

すなわち——石の怪異。

「ということは、あれですか？　私が腰掛けたこの石も妖怪だと、火車先輩はそう言っているわけですか？」

自分で言ってから気味が悪くなり、跳ねるように立ち上がってじりじりと後退《あとじさ》る。

「いや、一概に妖怪とは言えんのだがな……しかしだ、あの幽霊バスがその石に宿っている記憶であることはたぶん間違いないと思う」

「いや、だからその石の記憶っていうのが、私にはピンと来ないんですけど」

「まったく順応性のないやつだな、おまえは。そうだな……今風にわかりやすく言えば、パワーストーンという奴《やつ》だ。あれは宝石の類いに多いが、宝石もまた石であることには違いあるまい。パワーストーンのブレスレットにはよく念を込めると言うがな、あれもまた石の記憶の一種のようなものだ」

いや、石の記憶とかいう以前に、なんだか騙《だま》されてお金をとられないように眉に唾したくなるお話になってきましたよ、それ。

だがそれはさておいて、真剣な火車先輩の話は続く。

「パワーストーン然《しか》り。石は昔から超常のエネルギーも受け入れる器になると、そう信じられてきた。自分が生まれる前からそこに存在していて、そして自分が死んだ後もまた変わらずに存在し続けるであろう石。ゆえに人は巨石を崇《あが》めては御神体とし、石を彫っては石神にして堂に祀《まつ》ってきた。

加えて自然石にまつわる不思議な逸話というのも枚挙に暇《いとま》がない。今回の件とよく似た『旅人が枕にした石が、過去の景色の夢を見させた』なんて民話もあれば、『山中の石が語りかけてきて、過去にその道を通った親の仇《かたき》を教えてくれた』という伝説もある。そういう怪異の正体はときに石の精とも呼ばれるがな、物に宿る精であればそれは石自身と同義だ。人格は、記憶の積み重ねにより形作られていく。ただの解釈の違い、石の精とは石が持つ記憶そのものだ」

石の精——すなわちそれは、石に宿った記憶。

逆にいえば、記憶を有する石のこと。

「……要は、この停留所に出る幽霊バスというのは、この石が記憶していた過去の映像だと。それこそプロジェクターか何かのように、私たちの目の前で再現させた記憶の映像なのだと、そう言いたいわけですか？」

火車先輩が「そういうことだ」と、真面目《まじめ》な面持ちで大仰にうなずいた。

私としては俄《にわか》には信じがたい話です。

けれども幽霊バスの様子を思い返せば、納得がいくことが多いのも確かでして。

私と火車先輩の前に現れたバスの乗客は、ギュウギュウの満員なのに誰もが楽しげでウキウキとした笑顔を浮かべていて、それはかつてこの路線で運転手をしていたという営業所の所長さんから聞いた話とも合致する。

人が座れない停留所から現れる楽しげな家族づれと、今は廃墟である喫茶店から出てくる慌ただしいカップル。両者の時代遅れな服装も含め、石が記憶した映像であれば、きっとこの路線が賑わっていた時代のありふれた日常のシーンだったのだろう。

「まあなんというか皮肉なことにな、現代の必需品たるＳＤメモリーカードの、その元である金属シリコン。あれの原料はな、ケイ石――つまり石なのだ。現代テクノロジーを根底から支えて記録している半導体は、つまるところ石の記憶なわけだよ」

なんでしょう、そう言われてしまうと微妙な説得力を感じてしまう。

石が世界を記憶する――それはどうにもオカルト的な胡散臭《うさんくさ》さがあるのだけれど、しかしそれを説明してくる火車先輩自体が、常識ではあり得ない妖怪なんていう胡乱《うろん》極まりない存在です。

だからもう、気にすべきところはそこじゃないと自分を納得させます。

「わかりました。幽霊バスが石の記憶した映像だというのは理解することにしましょう。だけど――だったらこの石は、どうしてそんなものを見せようとするんですか？」

これまで得意げだった、火車先輩の表情が急に陰った。

事象に見当がついたなら、当然ながら次の問題はそこになる。トリックがわかれば今度は動機の解明、それが由緒正しい謎解きの作法だ。

そして火車先輩の話を聞いているうちに、私は石が記憶した映像を見せるその動機に、一つの仮説を抱いていた。

「先輩に思い当たるところがなければ、私が言います。

私、思うんですよ。人間って歳《とし》をとってからは、若かったときの楽しかった思い出を語るじゃないですか。それで火車先輩が言うようにもし石に記憶があるのなら、もしかしたら人も石も同じ気持ちになっているんじゃないか、って」

――『楽しかったんだ』

それは一度目と二度目と、ともに私が石に腰をかけた途端に聞こえてきた声だった。

どこの誰が発したかもわからないその声が聞こえた直後、すぐに幽霊バスが出てくるので、これまではあまり気にかけていなかった。

だけど石の記憶という話を飲み込んで、それでふと気がついた。

あの声は、座った私に向けて石が語りかけていたメッセージじゃないのか。

「この石に腰掛けると、石の記憶が再生されますよね。だとしたらどうしてこの石は普段は何もしないのに、誰かが座ると記憶の映像を流すのか。

ここからは私の推測なんですけれども、この路線にまだ人が溢《あふ》れていたときには停留所のベンチでは座りきれないだけの人がバスを待っていて、ときにこの石に腰掛けていた人なんかもいたんじゃないかと思うんです。

それはきっと人がいっぱいでとても賑やかで、お出かけするのが嬉しいからみんなが笑顔で、楽しくてしょうがなかった日々だからこそ、この石はその思い出を誰かに共感して欲しくて、当時のように自分に腰掛ける人がいるとあの頃は本当に『楽しかったんだ』って、アルバムを開くように自身の記憶を見せてくれるんじゃないでしょうか？」

「おまえは……何を言いたい？　先に断っておくがな、ここから先はもうワシらの采配だけではどうにもならんぞ」

じっと私の顔を睨んでいた火車先輩が、私の心中を察して先に釘《くぎ》を刺してくる。

わかってはいますよ――幽冥推進課は、地縛霊様と交渉し現世から立ち退《の》いていただくための部署。それが同じオカルトの括《くく》りとはいえ、石の蓄えた記憶が起こす無中請バスの道路障害事案では、私たちの専門外となる。

未練や願いを叶《かな》える形でもって国土から幽冥界までご移転いただく私たちの手法では、

地中に半ば以上が埋まっている本物の石を動かせるわけがない。

それがわかっているからこそ、

「だとしたらこの石は、これからいったいどうなるんですか？」

今回の件は、これから辻神課長へと報告を上げる。

当然ながらその内容は「地縛霊ではなく石の記憶でした」というものになり、火車先輩の言うとおりきっとそこで私たちの業務は「おつかれさまでした」となるだろう。

調査の結果、無申請バスは存在しないと運輸局が判断して幽冥推進課へと話が回ってきたように、私たちは私たちの職分をまっとうした結果で職掌範囲外と判断して、この情報を持って正規に担当すべき別の部署へとまた案件が振られることになるはずだ。

「おそらくこの件は、東北地方整備局の道路部預かりになると思う。記憶を宿したこの石がこの場所にある限り、また過去のバスの姿が往来に現れる可能性が高いからな。解釈の仕方にもよるが、これは道路における安全な通行を疎外する障害物とも判断できる。

結果、この石はこの場所から掘り出されるだろうよ。どれぐらいの大きさかはそれこそ専門業者に調査してもらわねばなるまいが、どうであれ最終的にはショベルカーなりを持って来て地面を掘り、そしてユニック車に積まれて移動することになるだろう。その送り先は人気《ひとけ》のない山中か、もしくは珍しい資料として秘密裏にどこかの倉庫にでも置かれるのか、どちらにしろその辺りが最終的な落ち着き先のはずだ」

火車先輩が淡々と、でも少しだけ苦々しさを滲《にじ》ませながら口の端を歪める。

語られたその内容は、私が予想していたものとほぼ同じだった。

ここで私たちがこの案件から手を離せば、この石は然るべき部署によってこの停留所から撤去されることになるだろう。

通りがかった人が休憩をすると、それこそ茶飲み友達を相手にするかのように、かつての楽しかった過去の様相を語るでなく実際に見せてくれる石。

そんな石が思い出のあるこの場所から移されて、もう誰も来ることなんてない遠くの場所にうち捨てられることになるのだ。

ただそれが仕方のないことなのは、一応は理解してもいる。

たまたま車通りの少ない場所だったからこれまでほとんど影響が出なかっただけで、もし仮に車が通りがかったときにいきなり前方に停車しているバスが現れたら、実体はなくても視た人がハンドルを切り損ねて大事故になりかねない。

影響は事故の可能性だけじゃない。そもそも行政に入ったのがクレームに近い問い合わせだったように、やはり廃止の申請がされた路線にバスが停まっているのは問題だし、幽霊バスを目撃した人によって噂が広まれば運行会社にだって迷惑が及ぶ可能性がある。

あそこの会社は無許可でバスを走らせている、そんな情報がネットに書き込まれてしまったら、社会問題や会社の信用問題にだってなりかねないのだ。最悪、その風評被害で運行会社が潰れようものなら、そこで働いている人たちにとっても利用している人たちにとっても、誰もが不幸となる未来しかない。

「……気持ちは多少はわかるがな、でもバカなことを考えるなよ。ワシらは幽冥推進課である前に、国土交通省という組織の一員だ。被害や実害の可能性があることは、公務員の責務として正しく上に報告して進言する義務がある」

「そんなのは、言われなくてもちゃんとわかっていますよ」

わかっていますとも——だけれども。

それでもこの石に同情する気持ちがあるのは、しょうがないと思うのです。

火車先輩はあの声を聞いていないから、そんなにもドライになれるんです。

『楽しかったんだ』——あの本当に嬉しそうで、無邪気に喜んでいる声を。

でもこの石が楽しかった昔を懐古しようとする限り、どうしたってここには置いてはおけないのもまた事実。

石の記憶と通る人たちの安全、それはどうやっても天秤《てんびん》にはかけられない。

そしてこの路線が廃止となってほとんど人の来ない今、もはや昔を思い出す以外にはこの石が楽しかった時間を感じる術《すべ》はない。

私には、どうにもしてあげられない。

いっそのこと、地縛霊であればなんとかしてあげられたかもしれないのに——そんな詮ないことを思いながら、私はそっと石の頭を撫《な》でた。

7

それから報告書に起こすための現場写真を撮影したり、道に大型車両が入ってこられるかどうかを確認しているうちに、とっぷりと日が暮れてしまいました。

山に反響した祭りの喧噪《けんそう》らしき音楽が、遠くから聞こえてきます。今頃、屋台が集まる町の駅前は来たとき以上の人だかりとなっているでしょう。

祭りの人出で混雑する町の駅に戻り、わざわざ一駅隣の実家の最寄り駅にまで電車で行くのも、それはそれで億劫《おっくう》だな――なんて思っていたら、

「まあ、こんな日ぐらいはタクシーを使え。後でちゃんと百々目鬼には説明してやる」

火車先輩にしては珍しく、そんな優しい配慮をしてくれました。

せっかくの情けを無下にするのはいかがなものかと、加えて珍しく財布の中に樋口一葉《ひぐちいちよう》先生がご在席していたこともあり、ここはお言葉に甘えてタクシーを捕まえようとしたわけですが、今思えば何を血迷っていたのやら。

駅前まで戻ると通行止めがあるので、徒歩で戻りがてら途中の大通りを実家方面に曲がります。大通りとはいえ、そこは山間を突き抜ける一本道。人間よりもタヌキの数の

方が多いだろう田んぼと畑に挟まれた道で、流しのタクシーなんぞが走っているわけがありません。

仕方がないのでスマホでタクシー会社に連絡して迎車を頼むも「あいにく、いつ行けるかわかりませんが」とつれなく返されました。

……っていうか、そりゃそうですわ。だって祭りの最終日の晩ですもの。

かくして人気のない夜の通りにポツンと一人立った私は、もう半ば自棄《やけ》になって家まで歩くことにしました。

まあ高速バスで実家に帰ってきた初日の晩も、例の町の駅から実家まで歩きましたからね。正味二時間ばかり、太ももの筋肉痛だって軽い運動をすれば血行が良くなり改善するはずです。……二時間のウォーキングって、軽い運動かなぁ？

――本当は。

あんまり祭りの喧噪と触れたくなかった。

大勢の人が集まった活気を、今の私は肌で感じたくなかった。

観光客や行楽客で賑わった停留所が好きだったあの石が、人の都合によってこれから誰もいない場所に動かされるというのに、騒々しくて楽しげな雑踏の雰囲気を私だけが味わうのはどことなく申し訳なく感じていた。

「あんまり感情移入するな。内罰的過ぎるのが、おまえのいかんところだよ」

沈んだ私の気配から何かを読み取った火車先輩が、リュックに身体を納めたままの姿勢で私の肩に顎を載せ、呆れたように囁いた。

たかが今日の今日にその存在を知った石のことだ——と、そう自分でも思っている。洒落《しゃれ》じゃないけれど、そもそも石の意思というのがはたしてどこまで明確にあるのか、それすらわからない相手だ。実際のところは電子機器のメモリーのように、ただ記憶をするだけの存在という可能性だってある。

だけど——『楽しかったんだ』と。

私の頭の中で聞こえた、どこか切ない声が鼓膜の内側に残って離れなかった。

「ねぇ、火車先輩」

「なんだ？」

「もしも、もしもですよ。もしも掘り返したあの停留所の石が、想定していたよりもずっと小さくて、置き場所にも困らないようなものだったら……新橋分庁舎のロビーに置いてもらうことはできませんかね？」

既にあそこには、BGM代わりという名目で夜泣き石が置かれている。なので腰掛ければ昭和風味のバス映像を流す石を一つ追加するぐらい、今さらだと思うのです。

そうすればときおり私が腰掛けて、流れる幽霊バスの映像を見ながら、一緒に懐かしんであげることもできるはずだ。

「まったくおまえという奴は。……本当に、小さければだからな。もし小さければ、辻神と相談の上で一応は検討してやる」

「本当ですかっ!?　ありがとうございます！」

「礼は早い！　いいか、本当の本当に小さかったときだからなっ！」

だったら具体的にどの程度小さければいいのか？　それをあえて口にしないのが、火車先輩がたまに見せるお人好《ひとよ》しなところでして。

でもなんとなくだけど、きっとダメだろうな、とは理解しています。

あの石は私が座れるだけの大きさがありつつも、それでも地面との接触面は末広がりの形をしていた。たぶんほとんどが地中に埋まっているはずです。

だけどそれでも、ちょっとは希望がもてた。

人間やっぱり現金なもので望みがあるとなってからは自然と足も軽くなり、気がつけば筋肉痛も忘れて、ちょうど二一時には実家にまで帰り着きました。

今日で案件が一段落したので、明日には実家を出る算段でいます。

その辺をこれからお母さんに説明し、それと夜露とはどうやって話をする機会を作ろうかな、なんて考えながら「ただいま」と玄関の引き戸を開けると、

「夜露さんっ!!」

玄関口で待ち構えていたお母さんの大声に、心臓が止まりそうなほどに驚きました。

「な、なに……どうしたの？」

「あぁ……ごめんなさい。夕霞さんでしたか」

お母さんはすぐに夜露じゃなくて私だと気がつき謝ってくるも、なんというか足は落ち着きなくパタパタと動いていて、そわそわした感じが尋常じゃない。

昨日と似たようなシチュエーションということもあり、すぐにピンときました。

「ひょっとして——夜露、まだ帰ってきてないの？」

一瞬、言うまいか悩む雰囲気を醸すも、すぐに方針転換してお母さんがコクリとうなずいた。

「……どうしましょう、夕霞さん。こんな時間まで夜露さんが帰ってこないなんてこれまでなかったことなんです」

上から目線のお説教をかますばかりのあのお母さんが、私に向けて今にも泣き出しそうな情けない顔を見せる。

とはいえまだ二一時。門限は別としても、夜露だってもう高校生なわけだから、そこまで顔を青ざめさせるような時間じゃないと思うのですよ。

——だけれども。

「夜露さん、今日も部活《かつ》だと言って朝から出掛けたままなんです」

夜露の所属する吹奏楽部が、夏休みの間お休みというのは既にわかっていることで。

思わず、盛大なため息がこぼれてしまいました。

部活と嘘をついては毎日のように家を出て、夜に帰ってくる年頃の娘。

そりゃお母さんじゃなくとも、確かに心配になりますわ。ましてやそれが無茶無鉄砲な姉の方じゃなく、表面上は優等生な妹の方とくればなおのことでしょうよ。

おそらく夜露は、これまでこんな風にお母さんを心配させたことはなかったのだろう。お母さんもお母さんですっかり油断していたらしく、青天の霹靂《へきれき》みたいな夜露の素行不良に戸惑うばかりで、どうしていいかがまったくわからないようだった。

「とりあえず、お父さんはなんて？」

「もう子どもじゃないいんだから放っておきなさい、と。あんまり子どもに干渉し過ぎるんじゃない、と——そう言われました」

あぁ、確かに言いそうですわ。いやまあ、お父さんのことだからいざとなれば動くと思うんで別にいいんですけどね。

「電話やメールはどう？」

お母さんがふるふると首を横に振る。最初から嘘を吐いて外出しているわけですから、今日の門限破りもおそらく確信犯でしょうよ。電話に出ず、メールも返信がなくたって、当たり前と言えば当たり前です。

しかしそうとわかっていてもちっとも冷静ではいられないらしく、お母さんが玄関口で落ち着きなく右往左往する。

なんというかこうオタオタしている様を見ると、おっかないはずのお母さんが、お祖母ちゃんが言っていた通りのダメ親に見えてくるから不思議です。

とはいえ、それでも私のお母さんでして――まぁ、しゃーないです。

私は下駄箱《げたばこ》の上の壁掛けフックにかかっていた車の鍵に手を伸ばす。

「わかった、ちょっと町の方を見てくるよ。今日帰って来てないのなら、たぶん祭りのせいだろうから、いたらそのまま連れて帰ってくる」

「……お願いします、夕霞さん」

軽く頭を下げたお母さんに小さくうなずき、帰ってきたばかりの私は靴すら脱ぐことなく、再び家の外に飛び出した。

そのままお母さんの車に乗ろうとするも鍵が合わず、

「ありゃ、お父さんの軽トラの方だったたか」

と気がつくも、別にまあいいかと足回りが泥で汚れた軽トラに乗り込んだ。

リュックを助手席に置き、リクライニングができない固い運転席のシートに座ってエンジンをかける。それからライトを灯し、畑と田んぼに挟まれた街灯のない田舎道を町の方に向けて、軽トラをゆっくりと走らせ始めた。

「妹の話はおまえからかねがね聞いていたが……なんだ、案外にいい姉をしておるじゃないか」

いつのまにかリュックの蓋から頭だけを出した火車先輩が、ニヤニヤした意味深な顔つきで私を生温かく見守る。

まったく、こんなときに面倒臭い。

「……そんなんじゃありませんよ。あいつはね、久しぶりに実家に帰ってきた姉に『家の中をひっかき回すな』なんて言ったんですよ。それなのに自分が親に心配かけて家の中をかき回して、だったら文句の一つも言ってやらないと気が済まないじゃないですか」

そのついでにお祖母ちゃんの件も謝って、すっきり東京に帰りたいところです。

とにかく火車先輩のしたり顔を横目に、私は黙って運転に集中することにしました。

8

屋台見物も終わりいっせいに帰り出した人の流れに逆らって、私はアーケードのある古い商店街の中を歩く。

ときおりすれ違う人の肘がリュックに当たったりして、中から「ぐへっ」という火車先輩が潰れる声が聞こえますも、まあ今ばかりは勘弁をしてください。

――部活だと言って家を出たのに、昨日は地元の商工会の軽トラックの助手席に乗っていた夜露。このタイミングで帰りが遅くなれば、また商工会と関係するところにいるんじゃないかと疑ってみるのは妥当だと思います。

そんなわけで、私は商工会のホームである商店街をキョロキョロと見渡しながら、不良娘となった我が妹を探していました。

それにしても……寂れたなぁ。

今はそんなことを感じているときではないと思いますが、それでも多少は覚えのある懐かしい町を歩けば、それなりに感じてしまうところがあるのはどうにも仕方がない。

今夜は夏祭りの最終日。一年で最もこの商店街に人が集まる日だろうに、それでもほとんどの店がシャッターを降ろしていた。

確かに私が高校生のころから既にシャッター街ではありましたが、それでも祭りの日にはもう少しお店は開いていた気がします。雑貨屋さんは和風小物のワゴンを軒先に出し、呉服屋さんは安い巾着の販売なんかもしていた。

だけど今はそれすらない。臨時駐車場や駅までの道には人が列をなしているのに、その横にはただただ商店のシャッターだけが並んでいて、まるでただの壁のようです。

農家の高校生と地元の商工会との繋がりなんてアルバイトぐらいのはず。私としては開いているどこかのお店で夜露が働いているんじゃないかと期待して来たのですが、これはどうも望みが薄そうですよ。

ついでにいうと、嘘をついてまでアルバイトしていた理由が「お母さんの誕生日に、自分で働いたお金でプレゼントしたくて」なんて昭和のホームドラマみたいな古くさい展開であれば、お母さんも怒るに怒れなくなるから後が楽だなと、そんなこともちょっぴり考えていたのですが……よく考えれば、夜露がそこまで殊勝なわけがありません。

とにもかくにも、当てが外れた私は少しだけ途方に暮れる。

仮に夜露が祭りに来ているにしても、それがただの見物客としてであれば、さすがにこの人出の中で闇雲に探しても見つけるのは無理だと思うのです。

とりあえずは一度お母さんと連絡をとるべきかな、もう家に帰っている可能性もあるわけだし——そう思ってポケットからスマホを取り出そうとしたところ、

「おや……夕霞ちゃん、じゃないかい？」

突然に往来で名を呼ばれ、びくりとしながら反射的に振り向いた。

そこにいたのは法被姿に地下足袋《じかたび》、角刈りがいかにもいなせな雰囲気を漂わせている、がっしりした身体つきの初老の男性だった。

……誰、この人。

「おぉ、やっぱりそうだ！　ほんと久しぶりだな、夕霞ちゃん。朝顔さんから帰ってきているとは聞いていたけれど、祭りの準備で顔も見にいけなくて悪かったなぁ」

って、お母さんの名前まで出てきちゃいましたよ。そうなると人違いではなく本当に私の知り合いなのでしょうが、さっきから記憶の検索リストを一生懸命に探っているのに、まったくこの人の名前が出てきません。

確かにどこかで見た覚えのある顔な気もするんですけどね、と首を傾《かし》げながら考えて──ようやく、右眉の上に大きな傷があるのに気がついた。

その途端、この人が誰なのか電光石火のごとく閃《ひらめ》く。

「あぁっ！　不倫相手の人っ！」

「……はぁ？　何言ってんだ、夕霞ちゃん」

おじさんが傷のある眉を顰《ひそ》めて、不穏な声を出す。

──いや、失礼。正確にはお祖母ちゃんの不倫相手だと夜露が私をたばかったばかりに、知らないうちに不要な濡《ぬ》れ衣《ぎぬ》を着せられていた不遇な親戚のおじさん、でした。

強面《こわもて》な目がギロリと動いて怯《ひる》みそうになるも、しかしどうも気を悪くしたわけではなく、すぐに呆れたような表情に変わってガハハと笑った。

「いやいや相変わらず変な子だな、夕霞ちゃんはよ。何をどう勘違いしたか知らんが、まったくもって子どものときと同じで粗忽者《そこつもの》だ。そんなんじゃ、東京に行っても婿のなり手がいねぇぞ」

何やらひどいことを言われた気もしますが、そこはおあいこということで気にせずに水に流します。というか世の親戚のおじさんというのは、どうしてこうも無神経にしれっとセクハラをしてくるのでしょうか。

「というか、こんな祭りも終わった時間にわざわざ一人でどうしたんだい？

――って、聞くまでもないな。どうせ夜露ちゃんのお迎えだろ？」

核心を突いたひと言に、思わず「へっ？」と間抜けな声が出てしまう。

「あの……ひょっとして、夜露がどこにいるのか知っていたりします？」

私の表情から何かを察したおじさんが、おそらく屋台を曳いていたために汗に塗《まみ》れた頭をボリボリと搔《か》きつつ、苦々しい笑いを浮かべた。

「……そうか、そうか。ちゃんと今日は遅くまで残る許可を朝顔さんからとってきたと、そう言っていたんだがな。まあ半分予想はしていたが、あの嘘つき夜露ちゃんが本当のことを言うわけがないわな。朝顔さんも大変だ、こりゃ」

妹を探す当てを見失っていた私としては、ひょんなところから差し出された救いの手に「お願いします」と頭を下げる。

すると、悩ましげなおじさんから呆れたようなため息がもれた。

「夜露ちゃんの居場所を教えるのはかまわないさ。でも一つだけ約束してくれないかな。実は俺も、これまで何回も夜露ちゃんを止めてきたんだよ。けどそれでも夜露ちゃんは、本気だからと言って絶対に自分の考えを曲げない。だからな、夜露ちゃんが本気である以上は、夕霞ちゃんもまた本気で夜露ちゃんの話を聞いてやって欲しいんだ」

――なんのこっちゃ、とは思ったものの、だけど別に否定をするまでもない話だ。

相手が本気で話してくるのなら、それを本気で聞くのは当たり前のこと。

だから私が何の躊躇もなくうなずくと、おじさんは納得したように夜露が今どこで何をしているのかを教えてくれた。

どこではともかく、何をの部分で私は「えっ？」と聞き直してしまうも、しかしそれは確かなことらしい。予想だにしていなかった夜露の行動には半信半疑ながらも、私はおじさんにお礼を言うと教えてもらった場所へと足早に向かう。

向かっている最中、夜露がなんでそんなことをしているのか、その理由を考えてみる。でも考えれば考えるだけ、私は今の妹のことを何も知らないと実感しただけだった。

「家の中をひっかき回すな、か……よく考えれば、その言葉ももっともだよね」

一緒に住んでいたときはまだ小学生だった夜露だけど、そこから数回会っただけで今やもう高校生になっている。

いつまでも子どもじゃない。昔と違って今の夜露にはきっと自分の考えがあって、もう夜露なりの人生観の中で生活をしているのだ。

だから今回のことだって、明らかにお母さんと揉めるのがわかってやっているのだろうから、夜露もそれなりの覚悟をもって臨んでいるに違いないと思う。

そんなことを考えているうちに、教えてもらった場所——駅前へと辿り着いた。

かくして話の通り、夜露は本当にそこにいた。

祭りが終わって家路につく人波の中、高校の制服を隠すように上から法被を羽織り、臨時列車を求めて駅に入っていく見物客に向かって、あらん限りに声を張り上げていた。

「地元振興のため、どうぞご協力をお願いいたします！」

その活動はおじさんが言っていた通りで、聞いてわかっていたはずなのにそれでも驚き、そして呆気《あっけ》にとられながらも私は夜露に声をかける。

「……夜露さ、こんなところで何やってるの？」

ふいに人の流れの中から現れた私に気がつき、メガホン代わりに両手を口の周りに添えていた夜露がはっと息を呑んだ。

「お姉ちゃん、どうして…………」

いやいや、どうしてはこっちの台詞《せりふ》ですよ。

『路線バス助成金の増額を！』と書かれた幟の下、何冊もの名簿が置かれた長机の前で、夜露は必死になって署名の呼びかけを行っていた。

9

助手席に夜露を乗せて、実家に向けて軽トラを走らせる。

前後に車両の影もなければ、道の左右は人家すらもない完全なる田舎道。おまけにこの軽トラはカーラジオが壊れていて、聞こえてくるＢＧＭは道端の田んぼから響くカエルの合唱ばかりですよ。

そんな状況で、夜露は灯り一つすらない外の景色をむすっとした表情で眺め続けていて——端的に言って、非常に気まずいのです。

心配するお母さんを見るに見かねて夜露を探しに出てきましたが、よく考えれば今の私と夜露はお祖母ちゃんの件で冷戦状態。加えて嘘をついてまで秘密にしていた活動を私に知られてしまったとなれば、こうして頑《かたく》なな態度をとるのもわからなくはない。

ついでに助手席を妹に占拠されているため、火車先輩の詰まったリュックは私の膝の上にあり、ときおりもぞりと動くのがまたなんともこそばゆかったりします。

こんなことなら面倒臭がらずに、ちゃんとＭＰ３プレイヤーも後部シートもあるお母さんの車を借りてくるべきだったと後悔していると、

「——訊かないの？」

私の方には顔を向けずに、夜露がぼそりとつぶやいた。

——なにを？　という疑問が頭をよぎるも、よくよく考えれば夜露には訊きたいことも確認したいこともあまりに多過ぎる。

でも同時にそれは、どれもこれも年頃の妹にストレートに訊くには繊細な問題な気がしていて、だから私は襟を正して姉の威厳を誇示するようにこう返した。

「夜露が聞いて欲しいと思うのなら、聞いてあげるよ」

再びの沈黙——だけど少ししてから夜露は大きなため息をこぼすと、苛立ちを隠しもせずに私の方へと向き直って口を開いた。

「それじゃ言うけどさ、お姉ちゃんはまだ山が嫌い？」

「はぁ？　藪《やぶ》から棒《ぼう》に、なに」

「いいから答えてよ。昔のお姉ちゃんはさ『視界の端にあるあの山が嫌い、大きくなったら私は絶対にあの向こうに行くから』って、よく言ってたじゃない。今でもこの町を取り囲む山が、お姉ちゃんは嫌いなの？」

「……まあ、あいかわらず好きではないかな。かといって昔ほどは嫌いでもないね、今はもうあの山の向こうが私の住む場所だもの。当時の気持ちを思い出すとテンションは下がるけど、でも本音としては『もうどうでもいい』と感じてるよ」

正直に返したその答えに、夜露がギリッと歯ぎしりをした。

「ほんと！　昔から自分勝手だよね、お姉ちゃんはさぁ」

呆れたように、半ば怒ったように、ボスンと音を立てて夜露が固い背もたれに後頭部を預ける。

「言っておくけど、今回のことはお姉ちゃんにも責任があるんだからね！」

「だからなに言ってるのか、わかるように説明しなさいって」

僅かに頬を膨らませた夜露が、私を一睨みしてからしぶしぶと語り出す。

「……私はね、『あの山が嫌い』なんて言う、当時のお姉ちゃんのことが嫌いだった。だってあの山はあそこにあって、その手前に私たちの家があって、こちら側こそが私たちの住む場所なのに、それを好きにならなくてこの人はどうするんだろう？　って、子どもながらにずっと不思議に思っていた。

それなのにお姉ちゃんが、『私は絶対にあの向こうに住む』なんていつも決まって言うから、お姉ちゃんはそのうちこの家からいなくなる人なんだって、その言葉を聞く度に私は寂しい気持ちになって陰で泣いてたんだよ」

……なにその、かわいい妹。

っていうか、そんな風に夜露から思われていたとか、初めて知ったんですけど。

「それである日、私が幼稚園が休みだった日にお姉ちゃんが登校日で学校に行って、仕方なく一人で遊んでいたらふとお姉ちゃんはいつか帰ってこなくなるんだって思い出して、居間でわんわん泣いてたことがあるの。そしたらお祖母ちゃんがそんな私を見つけて、家の外に連れ出してくれたの。車は運転できないからバスで、それで連れていってくれた場所が、家から一番近いあの町の商店街だった。

今思い返すと、一〇年以上前からもうシャッター街だったんだけど、それでも私には衝撃的だった。納屋でも小屋でもなくお店がいくつも並んで建っていて、舗装された道にも何人もの人が歩いてた。『なんだ、山なんか越えなくてもこっち側にもこんなに楽しい場所があるじゃない』って、そのとき私はそう思ったんだよね」

……うちから普通に歩いて行けるお店なんてのは、隣の集落にある個人商店一つだけです。確かにそれしか知らない子どもの目からしたら、寂れた地方商店街でさえも都心の繁華街のごとき町並みに見えたことは想像に難くない。

「でね、それだけでも凄《すご》いと思ったのに、お祖母ちゃんはこう言ったんだよ。『昔はもっとお店も開いて若い人もいて、賑やかだったんだけどね』って。それを聞いたとき、私は目の前がぱっと明るくなったの。

だったらここを昔みたいにしよう、って。今でもこんなに栄えているのにこれ以上にもっと栄えたらお姉ちゃんも家に残ろうと思うはずだ、って。山なんか越えなくてもこんな楽しい場所があるんだから、お姉ちゃんもきっと家から出て行こうなんて思わなくなるはずだ、って。それでその日から、私の目標は地元の町興しになったの。

――だからね、今回の件の発端は全部お姉ちゃんのせい」

「だから、どうしてそうなるのっ！」

と、怒鳴ってはみたものの、別に本気で怒っているわけじゃない。

むしろ本当の気持ちは逆で、妹が語るちょっと恥ずかしい過去の話に、照れ隠しというかなんというか、お尻がむずむずしそうになる感覚に戸惑っていた。

「まあ何がどうあれ、私の最初の動機は間違いなくそれだよ。今思い返しても、我ながら子どもっぽくて呆れちゃうかな。でもね——今はもう、本気だよ。

今の私の夢は、あの商店街を楽しそうだからと周りから人が集まってくる場所にすることなの。郷土愛っていうのもあると思うし、お祖母ちゃんの思い出の場所を大切にしたいってのもあるけど、だけどそれ以上に私は今住んでいるこの土地が好き。これからもあの家に住んでいこうと考えている以上、すぐ近くの生活圏にあるあの町を、私はもっともっと便利で楽しい場所にしたい。

そのためにね、私は高校を卒業したらあの商店街を軸にして、町興しを推進するNPO法人を立ち上げようと思ってる」

その夜露の言葉を聞いたとき、右眉に傷のあるおじさんの『夜露ちゃんが本気である以上は、夕霞ちゃんもまた本気で夜露ちゃんの話を聞いてやって欲しいんだ』という台詞が私の脳裏をよぎった。

これだ——このことだ。

夜露の声に籠もった熱気のようなものに当てられ、私の背筋が勝手にピンとなる。

「……その町興しの話だけど、お母さんにちゃんと言ったの？」

「言ってない。簡単に言えるわけがない」

「だったら、なんて返されるのかわかっているよね？」

「わかってる。お母さんのことだから、もっと地に足着けて考えなさいって、頭ごなしに怒ると思う。お姉ちゃんみたいに大学に、それもできれば家から通える地元の国立大学に進学してちゃんと勉強なさいって、間違いなく聞き耳持たずに一蹴すると思う。

——言いたければ、私が今日どこで何をしていたのかをお母さんに告げ口すればいい。遅かれ早かれバレることだし、それでお母さんと揉めようとも、そんな程度で揺らぐような半端な決意を私はしていないから」

いっさい戸惑うことなく、夜露が毅然《きぜん》といい放つ。

なんというか……カッコいいなぁ、この妹。

だけどそれでも、私から見れば残念ながらまだ子どもだ。いや、私だって火車先輩や辻神課長からすれば嘴《くちばし》の黄色いピヨピヨなんだろうけれども、そんな私から見たって今の夜露はただの向こう見ずなだけの子どもに思える。

「……小さい頃の夜露じゃあるまいし、お母さんに告げ口なんてしないよ。でもその代わり、その話をもっと具体的に聞かせてよ。夜露はどうやって、あの時代遅れな商店街を振興するつもりなのさ」

私が敵か味方かを見定めるように鋭かった夜露の目が、驚きで丸くなった。

僅かな逡巡をして、それから夜露はいっそう熱の籠もった声音で語り出す。

「私が思うにね、もうあの町の商店街の自立は壊滅的。内需がないのが致命的だよ」

「内需がない？　どうして、そんな風に考えているの？」

「まず一つは止まらない高齢化。住人の人数もどんどん減っているし、独居と年金生活のせいで、周囲の人たちの消費意欲がもの凄い勢いで減退してる。

加えて車で三〇分の距離にあるショッピングモールの存在も大きい。大型チェーンを抱えるショッピングモールと商店街の個人店じゃ、価格面でまったく歯が立たない。往復で一時間の距離の差なんて、平均時給に換算してガソリン代を足したって一度の買《か》い溜《だ》めですぐに取り戻せちゃう。かろうじて商売を成り立たせている酒屋さんだって、商店街の居酒屋への卸しを除けば、ショッピングモールのスーパーとの違いは地酒の銘柄が少し多いぐらいのもの。そのことにメリットを感じない上に個人的な義理もない人は、間違いなく安いショッピングモールの方に車を走らせるよ。

今のままだとほとんどの店が、そもそも商売として成立しないのが現状だと思う」

――この妹、本当に高校生なの？

いや……というかきっと、夜露は観察していたんだと思う。さっきの話からして、生涯にわたって住んで行こうと思う自分の故郷に暮らしやすい町を作るべく、今から商工会と繋がりを持ち地元の町の様子をじっと見定めていたのでしょうよ。

ちなみに聞けば、あの右眉に傷のある親戚のおじさん、畑もやっていれば商店街で花屋の経営もしているそうで、どうもそのコネを使って夜露は高校生の身で商工会に潜り込んだらしいですよ。

想像がつきますよ、このコミュ力モンスターめ。

純朴な地元の高校生なんていうお年寄りに受けの良さそうな猫を被り、商工会の構成員たちから内情を含めた情報をかき集めていたのだろう。

——すごいなぁ、本当にすごい。

私の妹は、私なんか足下にも及ばないほどにすごい妹ですよ。

「それで、今のそんな状況をどう打破したいわけ？」

「最終的に商店街を活性化させるため、あの町に今以上の人を呼ぶには、私は一種のバリューチェーンを作るしかないと思ってる」

「バリューチェーン？」

「もっと具体的に言えば、あの商店街がある駅前を近隣の観光地に足を運ぶためのターミナルステーションに私はしたい。これといった特徴なんてない、むしろシャッターばかりな商店街に、単独で人を呼ぶ手立てなんて逆立ちしても存在しないもの。だから他に集客できる施設や地区と手を組んで、土産物《みやげもの》やイベントなんかを工夫することで、観光客には商店街を含めたあの地区一帯を一つの観光エリアとして認識してもらうの」

「……それ、自分でどんだけ壮大なことを言っているのかわかってる？」

「もちろんわかってるよ。だからこそのNPO法人だもの。とんでもなく難しいとは思うよ。でも成算はゼロじゃないとも思ってる。あの町にはローカルとはいえちゃんとJRの路線が走っていて、その駅には高速路線バスだって停まる。あとは循環でも直通でもいい、近場の温泉地や景勝地までのアクセスさえよくなれば、手ぶらや日帰りでも観光体験を提供できるようになる。仮に通り過ぎるだけであっても、人さえ来てくれれば戦略の立て易《やす》さはまるっきり変わってくる」

そこまで聞き、私はようやく合点がいった。

「それで『路線バス助成金増額の署名』なんて活動に参加してた、と」

夜露がこくりとうなずいた。

「とにかく人の行き来が少ないから、バスの本数が減ってアクセスが悪くなるの。アクセスが悪くなったから、いっそう行き交う人は減ってしまう。後はその繰り返し、どこかでこの流れを逆向きに変えないと、どうにもならない。かといってバス会社だって人件費をペイしなくちゃならないわけで、やっぱり一番の問題はお金なんだよ。いつまでもじゃなくていい。だけど人の流れが多少なり戻ってくるまで補助してもらわないと、赤字で廃線になってしまったような路線はどうやったって立て直せない」

ほぉ――と、思わずため息が出てしまった。

正直言って、私は妹に圧倒されていた。

私は地元を出た人間だ。それも、この地元があまり好きじゃなくて出ていった人間だ。

地元よりちょっと北にある景勝地までの路線が廃線になっていたとか、そんなことは幽霊バスの案件の資料を読むまで知らなかったし、路傍の石が昔を懐かしんだりするほどにかつてその路線が賑わっていたことも知らなかった。

だけど、たぶんそのどちらも夜露は知っている。石うんぬんのことはもちろん知らないだろうけれど、それでもあの路線の大切さや、そこに息づいていた人々の生活のことはちゃんと理解している。

それをわかった上での署名活動であり、そしてその先において『助成金の増額』という現実的な武器を携えることで、あの廃路線を再び走らせようと夜露は画策している。

——だとしたら。

あと五分も走らせたら実家に着くという場所で、私はブレーキを踏んで軽トラを路肩に停車させた。

急に車を停められて不審な表情を浮かべる助手席の妹に、私はシートベルトをしたまま身を乗り出すようにして顔を近づけた。

「ねぇ、夜露。一つお願いがあるんだけど」

「……なに、どうしたの急に。気持ち悪いなぁ」

「夜露が駅前で呼びかけをしていた助成金の署名簿、あれを商工会の人たちからちょっとだけ借りることはできないかな？」

「はぁ？　なにそれ。そんなものを借りてどうしようっての？」

「それを見せたい人がいるんだよ。あれを見たら大人しくそのときを待てるかもしれない、そういう人がいるんだよ」

正確には――人じゃない。

人じゃないけれど、でも私にはそんなのはどちらでもいい。

両手を合わせて「お願い！」と妹を拝み始めた姉に、夜露は最初こそ眉間に皺を寄せていたものの、やがて呆れたようにくすりと鼻で笑った。

「……あの署名はね、商工会が集めていたものじゃないよ」

「はぁ？　だって商工会のテントの横でやってたじゃない。商工会じゃなければ、誰がそんなものを集めるってのよ」

「署名を集める活動をしていたのは、私個人だよ。商工会からはちょっと長机を借りただけ。自分で道路使用許可をとって、関係者とも調整して、私が個人でやっていた活動だよ。だからあの名簿なら、今も私のカバンの中にあるよ」

「……いや、ちょっと待って！　夜露は商工会と絡んでいるんだよね？　あの助成金増額は商店街に人を呼ぶための、その活動の一環なんだよね？　それがどうして高校生の夜露が一人でやることになるの？」

「そんなの簡単だよ、私が考えている商店街の活性化プランが実行されるのを、疎ましいと感じている人が商工会の中にいるからだよ」

これにはつい目が点になってしまった。

「いや、意味わかんないんだけど。夜露は他の土地から商店街にお客を呼び込もうとしているんだよね。お客が増えて、それがいやだと思う店主なんかいるわけないでしょ」

「それがいるんだって。それも一人や二人じゃなくて何人もね。お客さんなんて来てもらう必要がないって、そう考えている店主さんたちは実際にいるの」

「……なにそれ、どんな理屈なわけ」

「さっきお客さんが高齢化しているって話をしたけど、当然ながらそれは商店街の店主さんたちも同じなの。個人の店に跡継ぎなんていなくて、たいがいはお年寄りが一人か、夫婦で経営している。新しいことをしようとしても身体がなかなかついていかないし、できればこのまま静かに暮らしたいって考えている人は多いんだよ。

おまけに昔から商店街で商売をしていた人たちはかなりの率で地主でね、駅前でアパートを運営している人もいれば、土地を担保にお金を借りて隣の市でマンション経営している人たちだっているの。要はお金に困っていないんだよ。だからお客さんがいっぱい来て手間や仕入れなんかを増やさなくちゃいけなくなるのを煩わしく思う人がいる」

「いや、それなら店を閉めた方がいいでしょ。だってもうやりたくないんでしょ？」

「そういう人たちがお店を開いている理由は商売じゃないの、税金対策なんだよ。開業申請を出して青色申告をすれば、それだけで経費の額が増えて雑収入の税金額も減額される。赤字であってもというよりむしろ帳簿的に赤字だからこそ、相殺で不動産収入なんかの税金が減税となり、トータルでは店を開けているだけで儲《もう》かることになるの。

だからね、商店街にお客さんを呼び込もうとしている私の町興しの活動は、そんな人たちからしたら迷惑以外の何物でもないんだよ」

「なんだ、その生臭い話は……」

「もちろん、そういう人たちだけじゃなくて、なんとかお店の商売を成り立たせようと頑張っている人たちも商工会にはたくさんいる。私の考えを聞いてしっかり賛同してくれている人だっている。例えば、お祖母ちゃんの従弟《いとこ》のあのおじさんのようにね」

……あぁ、そのおじさんの件については夜露にいっぱい言いたいことがありますが、今はいいです。

「でもだからこそ、私は実績を示さないといけない。支持してくれる人が、胸を張って商店街に人を呼び込もうと声を大にできるように、そんな結果を出さないといけない。

ねぇ、お姉ちゃんは知っている？　ＮＰＯ法人を立ち上げるには、最低でも一〇人の社員が必要なんだよ。この場合の社員は株式会社でいうところの社員じゃなくて、言うなれば理念に賛同して協力してくれる会員のことね。私は絶対に実績を残して、あの町を興すためのNPO法人の社員を、地元の商工会の中から一〇人集めてみせるから」

そして夜露は私に向け、にんまりとした不敵な笑みを浮かべた。

――世の中というのは、善悪二元じゃない。

私が思うに、変化を望まないその人たちにだって間違いなく正義はある。たぶんみんながみんなして、自分の生活を守るため必死なんだと思う。だから決して責めるべき相手なんかじゃなく、むしろ同じ町内を作っている同じ地元の仲間のはずだ。

私にいま熱く想いを語った夜露は、きっとこれから挫折をするだろう。

地元にじゃんじゃん人を呼ぶ、なんていう夢みたいな絵空事を描いて、そして現実に打ちのめされては、泣き叫びたいほどの苦悶《くもん》に何度も襲われることになると思う。

だけどそれでも――きっと、夜露はやり遂げる。

だって、私の妹なんだから。

往生際と諦めが悪いことだけは、姉の私がいくらでも保証する。

そして心が完全に折れることさえなければ、一歩ずつでも前に進み続けて、やがていつかは必ずゴールに辿り着くときが来る。

私は、それを疑っていない。

だからそのために、私が夜露にしてやれることは一つだ。

「ねぇ、夜露。取引をしようか」

「……取引？」

「夜露が提供をするのは、路線バスを復活させるために集めたその署名簿。とはいえ、もらうわけじゃないよ。ほんの三〇分ほど私に貸してくれたらそれでいい」

夜露が顎に手を添えて少し悩む。自分の想いだけじゃなく、いろんな人に書いてもらった想いの結集だからこそ、身内とはいえ人に貸すなんて当然抵抗があるでしょうよ。

でも逆に、私はそんな大勢の声が詰まった署名だからこそ、借りる意味がある。

「それで……私が大勢の人に書いてもらった、自分だけのものじゃないその署名簿を貸すことで、お姉ちゃんは私に何を提供してくれるの？」

「これから先、夜露が自分の道を進もうとしてお母さんと揉めるとき、私は必ず夜露側についてあげる。どれぐらい本気でどれほど真剣に夜露が考えているか、それを私なりに説明して、一緒になってお母さんを説得してあげるよ」

10

「……毎度ながら、よくもそんな突飛な発想が出てくるもんだ。正直感心するよ」

私の歩幅に合わせて足下をちょこちょこと歩きながら、火車先輩がぼそりと嘆いた。

「というか、ちゃんとわかっとるんだろうな？　ワシらは幽冥推進課だぞ、ワシらの職分は地縛霊との交渉なのだからな」

「もちろん、わかってますって。ですが火車先輩が自分でも言っていたように、私たちはそれより前に国土交通省の職員でもありますよね？」

「……なにが言いたい？」

「記憶を持ったあの石を動かせば解決だ、と簡単に言いますけれど、それでも地中に埋まっている部分を掘り返すにはそれなりの重機を用意する必要がありますよね。積み込みにはクレーンやユニック車だって必要ですし、そんな車両を用意して作業するからには重機の操縦士だけでなく交通誘導員も必要ですし、それらを運搬する車両と運転手だって要ります。当然ながらそれを業者さんにお願いするでしょうから、そこに現地までの移動経費に事務手数料、さらにはもろもろの諸経費なんかも積み重なっていくわけで、はたして石一つを動かすのに、いったいいくらかかるんでしょうね？

　降って湧いた幽霊バスの対処費用なんて今年の予算に組み込まれているわけがありませんし、それが実質ゼロ円になれば依頼してきた東北運輸局さんだって大助かりだと思うんですよ。なによりも、国民様の血税はとても大切ですしね」

　血税のくだりのところで、あえて火車先輩にいい笑顔を向けてさしあげます。

「……余計な知恵と要らん口ばかり達者になりおって。ワシが円形脱毛症になったら、責任とっておまえが薬を買ってくるのだぞ」

と、相変わらずの呆れ口調で言ってはいるものの、なんとなく火車先輩が嬉しそうに口元を歪めているのが印象的でした。

ちなみに今の私の手にはバス助成金増額のための署名簿が握られている。それを貸してくれた夜露には、少し離れた場所に停めてきた軽トラの中で待機してもらっています。これを何に使うかは気になるだろうけれど、これからしようとしていることは秘匿契約の内容に従って見られるわけにはいかない。そこは我慢してもらうしかありません。

かくして私と火車先輩は、街灯もない田舎道を月明かりとスマホのライトを頼りに歩き、山の麓にある例の停留所前にまで戻ってきました。

時刻はもう深夜と言ってもいい頃合い。昼間以上に人の気配もなければ車のエンジン音も聞こえず、そのため停留所横の喫茶点の廃墟がいい雰囲気を醸しています。

気持ちとしてはおっかなびっくりと怯《おび》えていたいところなのですが、なかなか諸事情があってそんな余裕はないのです。さっさと用事を済ませて、早いところ実家でやきもきと心配しているお母さんに我が家の不良娘を送り届けないといけませんし。

なので――、

「ねぇ、聞こえてる？　たぶん、聞こえてるよね」

私は停留所の前に立つなり、例の膝丈ほどの石に話しかけた。

「だってあなたには記憶があるんだもの。楽しかった思い出を誰かと共有したい、そんな心があるんだものね。だから私の声もきっと聞こえているよね？」

途端に、私の背後でアイドリングをするバスのエンジン音がした。

既に廃止された路線バスの停留所の前で過去の乗客を待つ——幽霊バス。

『楽しかったんだ』

座ってもいないのに、またあの声が聞こえた。

どこか楽しげで、でも少し切なくて儚《はかな》くて、終わってしまった時間をひたすらに懐かしむだけの、ある意味では悲しい声。

その声に、私はつい同情してしまいそうになる。

同意して、一緒に懐かしんで、慰めてあげたくもなる。

だけどそれは、希望がないときの手立てだ。

「うん……あなたがどれだけ楽しかったのか、それはもうわかったよ。だけどね、あなたはそれで満足なの？　過去の楽しかったことを思い出し続けるだけで、新しい思い出はもう生まれることもなく、それでいてこれから先はもう誰も来ることがない場所にこれから移動させられて——それでもいいの？」

停留所の中から例の親子づれの三人組が歩いて来る。

だけど――私とすれ違ったところで、急に足を止めた。アイドリングで震えていたバスも、動きがピタリと止まっている。それはまるで時間が停まったような、動画に一時停止をかけたような、そんな動きだった。

「私はね、それじゃあまりにも悲しいと思っているよ。自分は動けないくせに、それでもここに来た人たちが嬉しそうに出掛けていく姿を見て一緒になって楽しんでいたあなたに、私はもっと笑顔で旅立って行く人たちの姿を見せてあげたいと思っている」

そして夜露の想いそのものである、バス路線復活のために助成金増額を願う署名がされたノートを、私は石の方へと向けて両手で開いた。

「これはね、言うなればこの場所に再び路線バスが走ることを願う人たちの名前だよ。これだけの人がまた昔みたいに、ここに路線バスが戻ってくればいいと思っているの」

見たものを記憶する石に向けて語りながら、私は署名が記されたノートの頁《ページ》を一枚一枚ゆっくりと捲《めく》っていく。

「これを集めたのは、私の妹なの。私の妹はさ、それはすごい奴だよ。あの子は絶対に自分の目標を達成させると思う。自分の目標を達成させるため、きっとこの署名を使って、もう一度ここにバスを走らせると思う。そうしたら町の方にも観光客がいっぱい来てさ、走るバスは昔みたいにいつも満員になって、人がいるから隣の喫茶店だって再開して、またこの停留所にはバスを待つ人たちの楽しい笑い声が響くと思うの。それをもう一度、あなたはここで見てみたいと思わない？」

瞬間、止まっていたバスも親子づれも、どちらもその輪郭が急にぼやけた。

輪郭だけじゃない。浮かんだ像そのものがなんとなく褪せて霞《かす》んでいて、それはまるで涙で滲んだ目から見える光景のようだった。

「……そうだよね。私の妹が実現してくれるその様を見られないのは、悲しいよね。だとしたら、どうか今は我慢をして欲しいの。楽しかった思い出は胸にしまって、共感してくれるかもしれない人がここを通りかかったとしても、記憶はあなたの心の中だけに留《とど》めておいて欲しいの。人の世界には人の世界のルールがあって、あなたが悪気なくしていることでも、人間の社会では許されない法令違反になってしまう。

あなたにはあなたの言い分があるのもわかってる。だけれども、もしあなたが寂しくても我慢をしてくれるのならば、私はあなたをここから動かさなくて済むように全力で努力する。この場所がお気に入りで、ここに集まってくる人の笑顔が好きだったあなたを、これからもこの地に残しておけるように頑張る。

あなたの過去の思い出以上に楽しい景色を、同じこの場所でもって、いつかもう一度あなたに見させてあげる」

夜の景色の中に浮かんでいた幽霊バスも親子づれも、ふっとその姿がかき消えた。

すると辺りにはしんとした何もない空間が広がり、私はそれを確認してから石の上へとそっと腰掛けた。

『――いつか来る、その時までは』

「……そうだよね。でも安心して。私の妹のことだからきっとそんなに時間はかけないと思う。さっきも言ったけど、あの子はすごいんだから」

鼓膜を震わさずに聞こえてきた石の声に、私は夜空を見上げて答えた。

私が座っても、もう幽霊バスの記憶の映像は流れない。

そしてたぶんこれからは、誰が座ってももう流れることはないはずだ。

――やがてもう一度来る、昔以上の賑わいを感じるために。

こんなやりとりの一部始終を静観しながら見ていた火車先輩が、やれやれと言いたげな表情で苦笑していた。

「ねぇ、火車先輩。この顛末《てんまつ》も含めて、ちゃんと辻神課長に報告してくださいよ」

「あぁ、わかっておるさ。その代わり新橋に戻ったら、報告書を作るのを手伝うのだぞ」

――夏の夜の風が、だいぶ涼しさを増していた。

ほんの少し肌寒さを感じる風を頬に受け、これにてようやく私の夏も終われるなと、しみじみと感じました。

11

その後、軽トラに戻った私はノートを夜露に返し、大急ぎで実家へと車を走らせた。途中、ノートを何に使ったのかと夜露から散々追及されましたが、そこは黙秘権を行使させていただきお口にチャックです。

とにかく家に着きさえすれば、夜露もそんなことに構っているような余裕はない。実家の駐車場にバックで軽トラを停めているうちに、その音を聞きつけたお母さんが玄関から飛び出してきて、あとはもうてんやわんやですよ。

夜露はお母さんと正面から怒鳴り合い、あまりの火花の散り方にたまらず私が両者の仲裁に入ると、すかさず夜露が私の用事に付き合わされたせいでより遅くなったと告発し、なんで高校生の妹を夜遊びさせるんですかとお母さんの矛先が私に変わって、最後はなんでか私だけが正座しながらお母さんから大目玉を頂戴するという、謎の展開でもって終わりました。

……なに、この貧乏籤《びんぼうくじ》。

とにもかくにも騒がしかった上に慌ただしく、加えて家の中もしっちゃかめっちゃかだった祭りの晩が終わり――寂しさの余韻が残る、翌日の朝のことです。

私は夜露にもお母さんにも何も言わぬまま、日が昇る前にひっそりと実家を後にして、既に最寄りの無人駅にまで到着していました。

昨日、夜露が署名活動をしていた、この辺りで一番大きな駅ですらも自動改札のない一階建ての木造ですので、その隣の無人駅となればその大きさはもう推して知るべし、うちの納屋といい勝負の大きさです。

それでも高校のときは毎日通学に使っていたので懐かしさも感じますが、それ以上に今はもう三六〇度都心な山手線様が私はお懐かしいですよ。

まあ感慨はほどほどにして、中は全て待合室な駅舎にキャリーケースを引いて入ると、木製のベンチに腰掛けた。まだ始発前ということもあって猫の子一匹いませんが――失礼、猫の子こそいませんが猫みたいによく眠っているぐうたらな妖怪の先輩でしたら、背負った私のリュックの中にいましたっけ。

とにもかくにも壁に貼られた時刻表と、その横にかかったアナログ時計を見比べてみれば、始発電車がくるまでにはまだ一〇分ぐらいあります。

こんな無人駅にＷｉ－Ｆｉがあるわけもなし、暇なのでリュックに入って寝ている火車先輩を起こして悪戯《いたずら》でもしてあげようかと思っていたら、

「お姉ちゃんっ！」

はぁはぁと息せききった夜露が、いきなり駅舎の中に駆け込んできました。見れば額には汗が滲んでいて、外には自転車が横倒しで置かれている。どうやらここまで全力で漕いで来たようでよ。

驚いて声も出ない私の前で夜露は軽く息を整えると、わざとドスンと大きな音を立ててすぐ隣に腰を落とした。

「……ど、どうしたの？」

「どうしたのはこっちの台詞だよ、なんで何も言わずに出ていくわけ」

「いや、昨日で案件の片がついたから、今日にはもう帰らないといけないんだよね。この時間に出ても新橋に着くのは昼近くだし、一応は昨日お母さんに言おうとは思ったんだけど、あの調子で怒られていたからとても言える雰囲気じゃなくてさ」

「それにしたって起こしもしないで黙って出ていったら、お母さんは怒るよ、きっと」

「いや……どうかなぁ。お母さんは朝寝坊が大好きみたいだから、案外朝早くに起こした方が怒るかもしれないよ」

という私の返しに、普段のお母さんしか知らない夜露が疑問符を浮かべる。

——その辺りのことは、いつかおいおいとね。

お母さんの名誉のためにも、夜露が独り立ちしてから教えてあげようと思います。

「まぁ、夜露と会えて良かった。正直、少し気がかりだったんだよね」

「なにが？」

「お祖母ちゃんの件だよ、怒っていたでしょ？　その……悪かったね、何の相談もしなくてさ」

「……もういいよ。お祖母ちゃんに育ててもらった時間は、私よりもお姉ちゃんの方が長かったわけだしさ。それに……久しぶりに帰ってきたお姉ちゃんにはなんだか言えないことが多そうだし。お祖母ちゃんのこともそれなりの理由があったんでしょ？」

　ははっ、と思わず乾いた笑いが漏れてしまう。まったくもってその通りで、でもそれ以上のことを言えないのがなんとも苦々しいです。

「それとありがとう、夜露。昨日のノートの件、本当に助かったよ」

「あぁ――そっちに関してのお礼は、見当違いかな。だってあれは取引だもの、ちゃんと見返りは要求するからね」

　夜露が口角を上げながら、上から目線のしたり顔でニヤリと笑う。

　これから先、夜露が真剣に自分の進路と向き合えば、必ずお母さんと衝突するときが来る。そのとき今回の帰省のように交通費で悩まなくて済むように、戻ったらもっと倹約して少しは貯金でもしておきますかね。

　大見得切って約束破る姉ってのもみっともないし、それに信じてその時が来るのをじっと待っている、あの石に対してだって申し訳ないですし。

「――ねぇ、お姉ちゃん」

「ん？」

「お姉ちゃんさ、お母さんには秘匿義務とか言ってたらしいけど、ここだけの話でどんな仕事してるのか私にだけは教えてくれない？」

「本当も何も、私の仕事はしがない公務員。ただの国土交通省の臨時職員だよ」

「あぁ、そう……ならもういいよ」

私の回答に、夜露がちょっとだけ拗《す》ねた声を出す。

でもこればっかりは私の権限じゃ打ち明けられないので、勘弁してくださいな。

それからはお互い話すことがなくなって、沈黙の時間が訪れた。

姉妹で肩を並べて、ただ座って電車を待つ。気がつけば、隣り合ったその肩の高さは私ともう変わらなかった。

私が小学生だったときは生まれたての猿みたいだったくせに、私が実家を離れるときでもまだなお胸の高さぐらいまでしか背がなかったのに、妹はいつのまにか私と同じだけの背丈になっていた。

私の方が七年先に生きていて、その人生経験のアドバンテージは覆ることはないはずなのだけれども、それでもそんなの関係なく私の妹は姉の背中なんてとうに追い越しているような気もする。

それは姉としてだいぶ癪《しゃく》だけど、でもどこか頼もしい気もしていた。

「さてと」

二人して黙っているうちに間もなく電車が来る時間となったので、私はリュックを背負い直しながら立ち上がり、そのままホームに向かって足を向ける。

すると夜露も立ち上がって、私の背後に陣取ってきた。

「ちょっと待って、お姉ちゃん。私、もう少しだけお姉ちゃんに言いたいことがある」

「なに、このギリギリで」

「私さ、お姉ちゃんはもっと不器用で要領悪くて、おまけに自分のことそっちのけのバカで、そんなんで社会に出てやっていけるのかって本気で心配してた。ついでにもうちょっと言えば、私と考え方は一八〇度違って効率悪いことこの上ないし、そもそも私たちって本当に血の繋がった姉妹なのかなって、いつもそう思ってた」

「……うん、とりあえず夜露が、まったくもって姉に対して敬意を抱いていないのはよく伝わったよ」

反論する気も起きずに、その場で振り返りながらげんなりする私だが、

「でもね――そんなお姉ちゃんのことが、私はとっても愛《いと》おしい」

満面の笑みとともに発せられたその不意打ちなひと言に、私は不覚にもドキリとして

しまう。

「得かどうかなんて省みずに、人が嫌がることを率先してやって、それで誰かのためにいつも必死になっている姉が、私は小さい頃からとても誇りでした」

「……な、なにを急に、そんな小っ恥ずかしいことを」

どう反応していいのかわからずしどろもどろになっていると、遠くから警報器の音を響かせながら、ゆっくりと電車がホームに入ってくる。

「あぁ、もう！」

これを逃してしまうと、次の電車は二時間も先ですよ。私は動転する気持ちを押しのけ、慌てて無人改札を抜けると、夜露に背を向けたまま二両編成の電車に飛び乗った。

——瞬間、

「そんな不束《ふつつか》な姉ですが、どうかこれからもよろしくお願いしますね。猫の先輩っ！」

目を皿のようにした私が振り向くのと、電車のドアが閉まるのは同時だった。

ドアの窓越しに夜露のニヤついた顔が見えるも、私が唖然《あぜん》としている間に電車は走り出して、すぐに夜露の顔は遠くに流れていき見えなくなった。

どう考えても何かをわかっていただろう妹の台詞を反芻《はんすう》しながら、私は他に誰も乗っていない車内でへにゃへにゃとその場に座り込んだ。

「ほんと、かなわないなぁ……夜露には」

妹のことを考えると、私の結論はいつだってそこに辿り着きますよ。

とにかく火車先輩が寝ていて良かったです。もし起きていたら何を言われたことやら。

見上げたドアの窓ごしの、かつて馴染《なじ》んだ生まれ故郷の景色がどんどん遠くなっていく。

実家を出る前は「次に帰ってくるのは一年後の夏でいいよね」なんて思っていたのに、今はもう「やっぱり次の正月にでも帰って来ようかな」なんて、そう考えていた。

幕間

「おや、おかえりなさい、火車。――朝霧さんの故郷《ふるさと》は、どうでしたか？」

本局からの打ち合わせより戻ってきた辻神が、自室のテーブルの上で丸くなっていた火車を見つけて声をかける。

ピンと張った耳をピクリと動かし、火車は腹に埋《うず》めていた顔をもたげた。

「いいところだったよ。季節柄もあるんだろうが、長閑《のどか》で穏やかなところだった」

「そうですか。なら朝霧さんも久しぶりにご家族と会えて、さぞリフレッシュできたことでしょうね」

「そうだな。まあ、なんというかな……あいつらしい面白い家族だったよ」

何かを思い出しククッと笑う火車に、辻神が黒縁眼鏡《くろぶちめがね》の向こうで眦《まなじり》を下げた。

――いつも絶えない辻神の微笑。しかし火車は、今の辻神の表情に翳《かげ》りがあることに気がついている。細面《ほそおもて》の頬も、心持ち普段よりこけているように思えた。

「それで、どうだ？　例の問題に、なんとか光明は見えたか？」

自席に腰掛けようとしていた辻神の動きがピクリと途中で止まる。

だがすぐに観念したように肩の力を抜くと、そのまま椅子に深く腰を下ろした。

「……無理ですね。私だけではもう、幽冥推進課の廃止の流れは覆《くつがえ》せないと思います」

「そうか、やはり無理かぁ」

「もはや世の流れではないのでしょう。死者に構っていられるだけの余裕が、生きた人間たちからいよいよなくなってきていると、切にそう感じます」

「そうであればおまえだけの責任じゃない。あまり気に病むな。ただなぁ……ワシらはいいのだ。ワシら妖怪は、どの道これから消えていく存在だ。この先で何があろうともさしたる問題じゃない」

「えぇ。私も気にかけるべきは朝霧さんだと思っています。朝霧さんのためにも、もう少しだけ往生際悪く足掻《あが》いてはみますが――しかし、彼女に対しては申し訳ない結末になる覚悟をしておかなければなりません」

辻神の双眸《そうぼう》が細まるのに合わせ、火車が湿った鼻から重い息を噴いた。

「そうか、そうであればワシも謝らなければならんかもしれんなぁ」

「……何か、あったんですか?」

「実は今回の出張の帰り際、最後の最後で夕霞の妹から頼まれてしまってな。――『不束《ふつつか》な姉ですけど、どうかこれからもよろしくお願いしますね』とな」

辻神の口元が僅かに強張《こわば》り、辛《つら》そうに両目が閉じられた。

「遺憾だが、どうやらその想《おも》いには応えられそうにもないな」

どこを見るともなく心底無念そうに、火車はポツリとつぶやいた。

本書は、集英社文庫のために書き下ろされた作品です。

集英社文庫

お迎《むか》えに上《あ》がりました。 国《こく》土《ど》交《こう》通《つう》省《しょう》国《こく》土《ど》政《せい》策《さく》局《きょく》幽《ゆう》冥《めい》推《すい》進《しん》課《か》 5

2020年 8 月25日 第 1 刷　　定価はカバーに表示してあります。

著　者　竹林七草《たけばやしななくさ》

発行者　徳永　真

発行所　株式会社 集英社
東京都千代田区一ツ橋2-5-10　〒101-8050
電話　【編集部】03-3230-6095
【読者係】03-3230-6080
【販売部】03-3230-6393(書店専用)

印　刷　株式会社 廣済堂

製　本　株式会社 廣済堂

フォーマットデザイン　アリヤマデザインストア　　マークデザイン　居山浩二

ISBN978-4-08-744148-2 C0193